杭州优秀传统文化丛书编纂委员会

主　编：周江勇
副主编：戚哮虎　许　明　陈国妹
编　委（按姓氏笔画排序）：

　　　　王　希　王　敏　王利民　王宏伟
　　　　方　毅　冯　晶　朱建明　朱党其
　　　　刘　颖　江山舞　许德清　杨国正
　　　　吴玉凤　应雪林　汪华瑛　沈建平
　　　　张鸿斌　陆晓亮　陈　波　陈　瑾
　　　　陈如根　邵根松　范　飞　卓　超
　　　　周　澍　郎健华　胡征宇　姚　坚
　　　　翁文杰　高小辉　高国飞　黄昊明
　　　　黄海峰　龚志南　章登峰　蒋文欢
　　　　程华民　童伟中　童定干　谢建华
　　　　楼郁捷

丛书编辑部

郭泰鸿　安蓉泉　尚佐文　姜青青　李方存
艾晓静　陈炯磊　张美虎　周小忠　杨海燕
潘韶京　何晓原　肖华燕　钱登科　吴云倩
杨　流　包可汗

特别鸣谢各位专家从文史知识、政治导向、文艺创作等方面对本书的悉心审读和指导：

王其煌　邵　群　洪尚之　张慧琴（系列专家组）
魏皓奔　赵一新　孙玉卿（综合专家组）
夏　烈　郑　绩（文艺评论家审读组）

杭州优秀传统文化丛书
周江勇 主编

文心锦绣 照湖山

简 墨 著

杭州出版社

图书在版编目（CIP）数据

文心锦绣照湖山 / 简墨著 . -- 杭州：杭州出版社，2020.9
（杭州优秀传统文化丛书 / 周江勇主编）
ISBN 978-7-5565-1350-5

Ⅰ.①文… Ⅱ.①简… Ⅲ.①中国文学—古典文学—作品综合集 Ⅳ.①I212.01

中国版本图书馆 CIP 数据核字（2020）第 171232 号

Wenxin Jinxiu Zhao Hushan

文心锦绣照湖山

简　墨/著

责任编辑	齐桃丽
文字编辑	何智勇
装帧设计	李轶军　祁睿一
美术编辑	章雨洁
责任校对	陈铭杰
责任印务	姚　霖
出版发行	杭州出版社（杭州西湖文化广场32号6楼）
	电话：0571-87997719　邮编：310014
	网址：www.hzcbs.com
排　　版	浙江时代出版服务有限公司
印　　刷	杭州日报报业集团盛元印务有限公司
经　　销	新华书店
开　　本	710 mm×1000 mm　1/16
印　　张	22
字　　数	270千
版 印 次	2020年9月第1版　2020年9月第1次印刷
书　　号	ISBN 978-7-5565-1350-5
定　　价	48.00元

（版权所有　侵权必究）

寄　语

中华优秀传统文化是中华民族的精神命脉，是我们在世界文化激荡中站稳脚跟的坚实根基。杭州拥有实证中华五千多年文明史的圣地良渚古城遗址，是首批国家历史文化名城和中国七大古都之一，历史给杭州留下了众多优美的传说、珍贵的古迹和灿烂的诗篇。西湖、大运河、良渚三大世界遗产和灵隐寺、岳庙、六和塔等饱经沧桑的名胜古迹，钱镠、白居易、苏轼、岳飞、于谦等名垂青史的风流人物，西泠篆刻、蚕桑丝织技艺、浙派古琴艺术等代代传承的非物质文化遗产，形成了完整的文化序列、延绵的城市文脉。"杭州优秀传统文化丛书"旨在保护城市文化遗存、弘扬优秀传统文化，包括一部专著和十个系列一百余册书籍，涵盖城史文化、山水文化、名人文化、遗迹文化、艺术文化、思想文化等方方面面，以读者为中心，具有"讲故事、轻阅读、易传播"的特点。希望广大读者能通过这套丛书，走进处处有历史、步步有文化的人间天堂，品读历史与现实交汇的独特韵味，在坚定文化自信中当好中华文明的薪火传人。

（周江勇，中共浙江省委常委、杭州市委书记，"杭州优秀传统文化丛书"主编）

序言

文化是城市最高和最终的价值

我们所居住的城市，不仅是人类文明的成果，也是人们日常生活的家园。各个时期的文化遗产像一部部史书，记录着城市的沧桑岁月。唯有保留下这些具有特殊意义的文化遗产，才能使我们今后的文化创造具有不间断的基础支撑，也才能使我们今天和未来的生活更美好。

对于中华文明的认知，我们还处在一个不断提升认识的过程中。

过去，人们把中华文化理解成"黄河文化""黄土地文化"。随着考古新发现和学界对中华文明起源研究的深入，人们发现，除了黄河文化之外，长江文化也是中华文化的重要源头。杭州是中国七大古都之一，也是七大古都中最南方的历史文化名城。杭州历时四年，出版一套"杭州优秀传统文化丛书"，挖掘和传播位于长江流域、中国最南方的古都文化经典，这是弘扬中华优秀传统文化的善举。通过图书这一载体，人们能够静静地品味古代流传下来的丰富文化，完善自己对山水、遗迹、书画、辞章、工艺、风俗、名人等文化类型的认知。读过相关的书后，再走进博物馆或观赏文化景观，看到的历史遗存，将是另一番面貌。

过去一直有人在质疑，中国有三千年文明，何谈五千年文明史？事实上，我们的考古学家和历史学者一直在努力，不断发掘的有如满天星斗般的考古成果，实证了五千年文明。从东北的辽河流域到黄河、长江流域，特别是杭州良渚古城遗址以4300—5300年的历史，以夯土高台、合围城墙以及规模宏大的水利工程等史前遗迹的发现，系统实证了古国的概念和文明的诞生，使世人确信：这里是古代国家的起源，是重要的文明发祥地。我以前从来不发微博，发的第一篇微博，就是关于良渚古城遗址的内容，喜获很高的关注度。

我一直关注各地对文化遗产的保护情况。第一次去良渚遗址时，当时正在开展考古遗址保护规划的制订，遇到的最大难题是遗址区域内有很多乡镇企业和临时建筑，环境保护问题十分突出。后来再去良渚遗址，让我感到一次次震撼：那些"压"在遗址上面的单位和建筑物相继被迁移和清理，良渚遗址成为一座国家级考古遗址公园，成为让参观者流连忘返的地方，把深埋在地下的考古遗址用生动形象的"语言"展示出来，成为让普通观众能够看懂、让青少年学生也能喜欢上的中华文明圣地。当年杭州提出西湖申报世界文化遗产时，我认为是一项需要付出极大努力才能完成的任务。西湖位于蓬勃发展的大城市核心区域，西湖的特色是"三面云山一面城"，三面云山内不能出现任何侵害西湖文化景观的新建筑，做得到吗？十年申遗路，杭州市付出了极大的努力，今天无论是漫步苏堤、白堤，还是荡舟西湖里，都看不到任何一座不和谐的建筑，杭州做到了，西湖成功了。伴随着西湖申报世界文化遗产，杭州城市发展也坚定不移地从"西湖时代"迈向了"钱塘江时代"，气势磅礴地建起了杭州新城。

从文化景观到历史街区，从文物古迹到地方民居，众多文化遗产都是形成一座城市记忆的历史物证，也是一座城市文化价值的体现。杭州为了把地方传统文化这个大概念，变成一个社会民众易于掌握的清晰认识，将这套丛书概括为城史文化、山水文化、遗迹文化、辞章文化、艺术文化、工艺文化、风俗文化、起居文化、名人文化和思想文化十个系列。尽管这种概括还有可以探讨的地方，但也可以看作是一种务实之举，使市民百姓对地域文化的理解，有一个清晰完整、好读好记的载体。

传统文化和文化传统不是一个概念。传统文化背后蕴含的那些精神价值，才是文化传统。文化传统需要经过学者的研究提炼，将具有传承意义的传统文化提炼成文化传统。杭州在对丛书作者写作作了种种古为今用、古今观照的探讨交流的同时，还专门增加了"思想文化系列"，从杭州古代的商业理念、中医思想、教育观念、科技精神等方面，集中挖掘提炼产生于杭州古城历史中灵魂性的文化精粹。这样的安排，是对传统文化内容把握和传播方式的理性思考。

继承传统文化，有一个继承什么和怎样继承的问题。传统文化是百年乃至千年以前的历史遗存，这些遗存的价值，有的已经被现代社会抛弃，也有的需要在新的历史条件下适当转化，唯有把传统文化中这些永恒的基本价值继承下来，才能构成当代社会的文化基石和精神营养。这套丛书定位在"优秀传统文化"上，显然是注意到了这个问题的重要性。在尊重作者写作风格、梳理和讲好"杭州故事"的同时，通过系列专家组、文艺评论组、综合评审组和编辑部、编委会多层面研读，和作者虚心交流，努力去粗取精，古为今用，这种对文化建设工作的敬畏和温情，值得推崇。

人民群众才是传统文化的真正主人。百年以来，中华传统文化受到过几次大的冲击。弘扬优秀传统文化，需要文化人士投身其中，但唯有让大众乐于接受传统文化，文化人士的所有努力才有最终价值。有人说我爱讲"段子"，其实我是在讲故事，希望用生动的语言争取听众。今天我们更重要的使命，是把历史文化前世今生的故事讲给大家听，告诉人们古代文化与现实生活的关系。这套丛书为了达到"轻阅读、易传播"的效果，一改以文史专家为主作为写作团队的习惯做法，邀请省内外作家担任主创团队，组织文史专家、文艺评论家协助把关建言，用历史故事带出传统文化，以细腻的对话和情节蕴含文化传统，辅以音视频等其他传播方式，不失为让传统文化走进千家万户的有益尝试。

中华文化是建立于不同区域文化特质基础之上的。作为中国的文化古都，杭州文化传统中有很多中华文化的典型特征，例如，中国人的自然观主张"天人合一"，相信"人与天地万物为一体"。在古代杭州老百姓的认知里，由于生活在自然天成的山水美景中，由于风调雨顺带来了富庶江南，勤于劳作又使杭州人得以"有闲"，人们较早对自然生态有了独特的敬畏和珍爱的态度。他们爱惜自然之力，善于农作物轮作，注意让生产资料休养生息；珍惜生态之力，精于探索自然天成的生活方式，在烹饪、茶饮、中医、养生等方面做到了天人相通；怜惜劳作之力，长于边劳动、边休闲娱乐和进行民俗、艺术创作，做到生产和生活的和谐统一。如果说"天人合一"是古代思想家们的哲学信仰，那么"亲近山水，讲求品赏"，应该是古代杭州人的生动实践，并成为影响后世的生活理念。

再如，中华文化的另一个特点是不远征、不排外，这体现了它的包容性。儒学对佛学的包容态度也说明了这一点，对来自远方的思想能够宽容接纳。在我们国家的东西南北甚至是偏远地区，老百姓的好客和包容也司空见惯，对异风异俗有一种欣赏的态度。杭州自古以来气候温润、山水秀美的自然条件，以及交通便利、商贾云集的经济优势，使其成为一个人口流动频繁的城市。历史上经历的"永嘉之乱，衣冠南渡"，"安史之乱，流民南移"，特别是"靖康之变，宋廷南迁"，这三次北方人口大迁移，使杭州人对外来文化的包容度较高。自古以来，吴越文化、南宋文化和北方移民文化的浸润，特别是唐宋以后各地商人、各大商帮在杭州的聚集和活动，给杭州商业文化的发展提供了丰富营养，使杭州人既留恋杭州的好山好水，又能用一种相对超脱的眼光，关注和包容家乡之外的社会万象。这种古都文化，也代表了中华文化的包容性特征。

城市文化保护与城市对外开放并不矛盾，反而相辅相成。古今中外的城市，凡是能够吸引人们关注的，都得益于与其他文化的碰撞和交流。现代城市要在对外交往的发展中，进行长期和持久的文化再造，并在再造中创造新的文化。杭州这套丛书，在尽数杭州各色传统文化经典时，有心安排了"古代杭州与国内城市的交往""古代杭州和国外城市的交往"两个选题,一个自古开放的城市形象,就在其中。

"杭州优秀传统文化丛书"在传统和现代的结合上,想了很多办法,做了很多努力,他们知道传统文化丛书要得到广大读者接受,不是件简单的事。我们已经走在现代化的路上,传统和现代的融合,不容易做好,需要扎扎实实地做,也需要非凡的创造力。因为,文化是城市功能的最高价值,也是城市功能的最终价值。从"功能城市"走向"文化城市",就是这种质的飞跃的核心理念与终极目标。

2020 年 9 月

(单霁翔,中国文物学会会长)

浙江名胜图（局部）

目 录

第一章
诗

002　导　言

004　苏小小：湖山钤印小小墓　客梦栖息西泠桥
　　　　　　——慢读《苏小小歌》

011　褚遂良：朱门池宴狂歌客　歧路风寒独步人
　　　　　　——慢读《安德山池宴集》

017　贺知章：半生出走为游子　一径归来不少年
　　　　　　——慢读《回乡偶书》（其一）

024　贺知章：西湖水注玉杨柳　杨柳风裁锦西湖
　　　　　　——慢读《咏柳》

029　宋之问：愧怍红尘曾逐臭　慰藉灵隐亦听香
　　　　　　——慢读《灵隐寺》

037　孟浩然：乡关何处愁日暮　明月几重锁清秋
　　　　　　——慢读《宿建德江》

044　李　白：生来总亲山和水　醉去全忘是与非
　　　　　　——慢读《与从侄杭州刺史良游天竺寺》

053　张　祜：卧云眠月终不仕　寻寺聆禅致大乘
　　　　　　——慢读《题杭州孤山寺》

061　林　逋：词楫诗舟汉字海　梅妻鹤子孤山家
　　　　　　——慢读《山园小梅》（其二）

067　范仲淹：借月为碗盛琥珀　请风做桥入画图
　　　　　　——慢读《萧洒桐庐郡十绝》

074　苏　轼：一曲声罢惊天下　万众心归向西湖
　　　　　　——慢读《饮湖上初晴后雨》（其一）

081　苏　轼：铺陈酒意轻岁月　漫卷云纸写湖山
　　　　　　——慢读《六月二十七日望湖楼醉书》（五首）

091　林　升：蜉蝣繁华如春梦　雁阵零落似残棋
　　　　　　——慢读《题临安邸》

098　陆　游：布衣难掩家国梦　夜雨乱敲赤子心
　　　　　　——慢读《临安春雨初霁》

104　杨万里：万里歌吹香弗散　千年烛照花未眠
　　　　　　——慢读《晓出净慈寺送林子方》（其二）

111 于　谦：旷世清白不染色　桑梓泥土尚余香
　　　　——慢读《夏日忆西湖》

119 张煌言：坐看流川吞日月　起听大风送尘埃
　　　　——慢读《甲辰八月辞故里》

127 袁　枚：边慕英烈边自洽　半谋稻粱半屠龙
　　　　——慢读《临安怀古》

133 秋　瑾：名士风流夸侠士　英雄本色愧男儿
　　　　——慢读《对酒》

第二章

词

142 导　言

145 白居易：少小走马行天下　老大牵心忆江南
　　　　——慢读《忆江南》（三首选二）

153 潘　阆：清笛芦花惊白鸟　钓竿云水引碧霄
　　　　——慢读《酒泉子》（长忆西湖）

160	柳　永：	自谓寻常夸颜色　谁知平地起刀兵
		——慢读《望海潮》（东南形胜）
171	岳　飞：	碧血丹心千古照　忠佞善恶两分明
		——慢读《满江红》（怒发冲冠）
179	李清照：	金乌西行空寂寞　薄暮尽处是飞鸿
		——慢读《永遇乐》（落日熔金）
187	朱淑真：	湖深不抵相思半　月冷何如心冢寒
		——慢读《清平乐·夏日游湖》
195	辛弃疾：	敢请幼安题锦句　最宜西子对菱花
		——慢读《念奴娇·西湖和人韵》
201	辛弃疾：	山水三叠钟期杳　电光一霎灯火稀
		——慢读《青玉案·元夕》
205	无名氏：	苍天有意分贵贱　白浪无知自沉浮
		——慢读《长相思》（去年秋）
211	李叔同：	生死轮转离别近　悲欣交集浮世游
		——慢读《送别》

第三章
曲

222　导　言

225　关汉卿：曲圣百啭启春意　杭城万物生光辉
　　　　　　——慢读《【南吕·一枝花】杭州景》

231　洪　昇：七颠八倒肠百转　一叹三嗟泪千行
　　　　　　——慢读《长生殿》弹词（节选）

第四章
小说

240　导　言

243　陈端生：一生襟抱春闺梦　现世铿锵丽人行
　　　　　　——慢读《再生缘》第六十七回
　　　　　　《元天子巧设机关》（节选）

第五章
散文

256　导　言

259　吴　均：六朝人物常载酒　百里秋光不含悲
　　　　　　——慢读《与朱元思书》

267　白居易：观景不必悯怅客　洗心还须冷泉亭
　　　　　　——慢读《冷泉亭记》

273　范仲淹：浊酒携来踏明月　江山推却钓大泽
　　　　　　——慢读《严先生祠堂记》

279　欧阳修：闲笔抛得天外去　空樽捧出月光来
　　　　　　——慢读《有美堂记》

287　张　岱：大雪洁白共今古　天地笼统一孤舟
　　　　　　——慢读《湖心亭看雪》

第六章
楹联

298　导　言

301　俞　樾：圈点书山加餐饭　铺排平仄减睡眠
　　　　——慢读楹联《题湖心亭》等

311　孙中山等：铮铮华夏龙起势　皎皎西湖凤鸣阳
　　　　——慢读杭州楹联 12 副

325　后　记

第一章

诗

导　言

这是一个神奇的国度：她以数十代人的持续努力、数千年的积累，铸造了伟大的东方诗意，一度禁婆善哭，担夫能吟，长亭粉壁，青楼红笺……无人不能，无处不诗。

这是一个诗歌之城：南北朝时期，诗风朴拙，大都散佚，却诞生佳话无数。初唐，漫游诗人赴杭游赏，杭州诗歌渐渐崛起，不少杭州本地诗人，如贺知章、许敬宗、褚遂良、罗隐等，都写下佳作，有的成为千古名篇，到白居易时期，将杭州诗歌的发展推向第一个高潮。

杭州诗歌的第二个高潮当然是借了北宋苏东坡的大力推动。他不但带头写下大量诗歌，赞美杭州和西湖，还疏浚西湖，提高了西湖的美誉度，许多旅行者慕名而来，西湖开始为天下人所倾慕。

杭州诗歌的第三个高潮出现在南宋。南宋将杭州建成文化乐园，给予文人特别优裕的创作环境。由此形成西湖山水、钱塘江潮、佛寺、苏小小等诸多意象群。诗人们热衷组建诗社，有着孩童般的热情：陆游临安诗社，史浩西湖诗社，杨万里、颜师鲁诗社……足有十七个之多，是北宋时的三倍。其中部分诗社是怡老社，三人称三人社，五人称五人社，依此类推。目的是通过诗文活动来休养身心，安度晚年。他们抱团写诗，又风雅又有趣。

时代变迁，元明清时期的杭州诗坛与中国诗坛同步，出现大批诗人的同时，也出现了一些上乘之作。杭州当时有厉鹗、杭世骏、吴颖芳、吴锡麒等浙派诗歌的骨干人物，另有些独立于流派之外的诗人，如符曾、金农等，都为艺坛多栖的奇才。

作品则主要分为游览类诗歌、唱和类诗歌、送别诗和行旅诗，同时又有细分。以行旅诗为例：住持诗僧描绘寺观园林的清幽，宦游诗人表现对杭州的思念，流浪诗人体味繁华里的孤独，唱和诗人则借景抒发自己的放逸……大致如此，不一而足。

前赴后继，诗人们打造出了一座在澄澈晴光、空蒙山色中满载诗性诉求的城市，使杭州古诗歌在中国历史文化长河里占有重要的一席之地。

夕影亭与雷峰塔　蒋跃绘

苏小小：湖山铃印小小墓
客梦栖息西泠桥
——慢读《苏小小歌》

苏小小歌
〔南朝〕苏小小

妾乘油壁车，郎骑青骢马。
何处结同心？西陵松柏下。

一

四千多年前，杭州所在位置曾是海湾，亚热带季风从东海上吹进来，雨量丰沛。一千多年前，中国最伟大的工程之一——京杭大运河从这里纵贯下去，加之西溪工笔，钱塘泼墨，水色盛大——为此北宋时还修建了六和塔用以镇潮，每年的古历八月，十万人人头攒动，观赏大海掏空般的钱塘潮壮景。

当然，还有一个湖。

她就是中国文化史上不可或缺的西湖。

西湖这个"好女子"，青山做髻，水杉为臂，披着柳，戴着桃，粉粉嫩嫩，太阳照着她不照着她，都笑眯眯，流动着眼波；四季变化，其好看模样也不怎么变。叫谁能不喜欢呢？

一个好女子，生下了另一个好女子——她同样美得不可方物，一番风致在四野八方传开去。我们更愿叫她"西湖的女儿"。

她出生时，中国大地上到处发生着战争，但人们向外发现自然，向内发现自心，内外皎洁，似乎人人皆诗人。

地球东方，大地的寂寥还没退去，水流、泥土和植物汇成的生鲜之气正到处发散。

二

"西湖的女儿"名叫苏小小。

小小出生在姑苏（今江苏苏州）城内，家境富裕，然未及二八，父母双亡，她投奔钱唐（今浙江杭州）姨母，白天乘车环湖，饱览风光，夜来则对湖甜睡。

积蓄耗尽，小小便利用自幼所学，以歌声换取生活必需。孤儿苏小小行走世间，美好的眼睛看到的全是美好。

小小一时名满江南，就连驱车行走在路上，都有迷弟跟在后面，向车里丢果子，以示喜爱。

迷弟中有金陵（今江苏南京）学子名阮郁，看见小小就两眼放光。小小也是。

他们相爱了，日子开花，桃之夭夭。

然而父母不理解：歌伎到底名声欠佳，怎能娶进家门？于是，家书催回儿子。

小小先被击懵，继而大病，之后并不纠缠，从此与恋情隔开，有了隔世那么远。

然无常明灭，谁又能料到后来的事呢？

三

妾乘油壁车，郎骑青骢马。

——我乘坐油涂内壁的车子，你骑着青白毛色的骏马。

她吟出诗句时，心情是愉快轻松的。

诗中透着喜庆，称呼也稚拙可爱。美好少女，翩翩少年，那种贵气与般配，也在不言之间了。

何处结同心？西陵松柏下。

——你要来哪里找我呢？西陵（即西泠）松柏树下吧。

世俗，具象，似耳语，热烈也羞涩。松柏类树木自有一种沉默的力量，而人们赋予它不屈于严寒的品格，与女诗人对双方皆忠于爱情的向往暗合——写此诗时，小小可能并没这么想，可读者读到时，有猜想和祝福，也有隐隐的不测之思——到底，她等到花开不见郎来，这个约会的地点由甜蜜地转为伤怀地，都要绕着走才能不惊心了。

好的五绝重在留白。本来字数就少,又须留白,对作者是个考验。绝句的后两句一般是想重点强调的,整首诗的成败在此二句,它们主要提供余味——要给人想象和回味的空间。因此,绝句和律诗的区别之一就在于:律诗要"起承转合",而绝句可以不合回来,有时不合而更开,请读者参与进来,在想象中琢磨,共同完成一首诗的创作。

苏小小在此诗中,没说出的话比说出的多,让人不觉代入自己,遐思无限。

整首诗不宝远物,不贵难得之货,读来朗朗上口。写法上则完全抛弃思索和逻辑,只凭女性的特质,直达事物本质。女性具有孩子的一些特点,天真,纯洁,而除了女性特质,里面还伏着人生来就携带的纯良及不设防。

四

小小约爱,也约死。

她约爱在西陵松柏下,约死也是。

与爱诀别后,她扼住自己的"咽喉",不再奢望爱情,并简朴度日。到终于喘上一口气,渐趋平静,小小依然向外输出着温柔:她交了个文友,名叫鲍仁,有才不假,却穷得叮当响。小小的交友原则很大气:不势利,有分寸,无事各自安好,有事可来寻我。

古时进京赶考是件特别不容易的事,需跋涉,需钱财维持食宿。鲍仁为此寻来。小小搭手,缩己热汤甜食,予人诗和远方——助其金榜得中。

机灵有趣不算什么，温柔才是人性中最难得的——温柔就是在一个空间里收缩自己，尽量让别人舒展一点。

死亡从没停止过，就没有它带不走的人，无论人多好，多小，多无辜，它不吝，装瞎装傻，它也装无辜。数年后，小小刚满十九岁，孰料已是她的风烛残年。

鲍仁不是骗子，心中常思报答：赴任途中路过杭州，只赶上了葬礼。遵从小小"埋骨西陵"的遗愿，他葬她在了生前最喜欢的地方。

不知她在那边，是否还记得，曾约心爱的郎君，结同心在那松柏下？

或许，她的遗愿里，也有在那里继续等候的意思。而松柏，她走了多久就绿了多久，像一个人站成了石头，眼睛望着，心头刻着：纵我不往，子宁不来？

这首诗这件事，不怨怒，不悲愤，不刻薄，也不渲染苦难，美得像一声叹息，稍显鬼魅而绝不吓人，即便过去近两千年，还是觉得眼熟：那份痴情，何其相似！

不分国籍，不分古今，美好的女子美好的爱情，甚至最后，那美好的死与美好的西湖合成情愫的强大，都似曾相识。

歌在初发声时缄口，花在未绽放时凋谢，爱在不当绝处断绝，美在最美时毁灭……时间给她披上一层又一层迷纱，苏小小渐远又切近，就连那墓也并不悲凉，而另有光照——就像小小那个人，短暂而美好的血肉，生于无形归于无形，甚至不如她墓上圆石永恒——墓石柔如月光，以及苏小小本人柔如月光，吸引人不远千里赶

西泠桥之冬　蒋跃绘

来拜谒，还有无数青年男女，抛开不吉之谶的世俗常规，喜气盈盈偎依在西泠桥下拍婚纱照。

小小墓稍左拐，即武松墓。北宋时，提辖武松打死外号"蔡虎"的凶残知州，为民除害留英名。

穿越500年，真可拉郎配——此义士当配得上内核也同样大气的苏小小。

西湖是诗，慢慢演变成了真与善、爱与美的代表符号——由断桥起，以一把美伞逗号连接；到西泠桥止，以一枚美墓句号圆满——或者，小小之墓也可看成是小小为她所爱的湖山盖下的一枚印章，标识着："是我的，这是我的……"喊出对这片土地孩子气的热爱。而慕才亭上，12副楹联，道不尽对她的倾慕和怜惜。

小小一生，其人其事其诗，涉及的都是人生大课题，太美，太沉重，清风和时间都吹它不动。于是，后世无数文人对苏小小苦追苦吟，在西湖上形成一个以"苏小小"为中心的诗歌小"井喷"，也就顺理成章了。

褚遂良：朱门池宴狂歌客 歧路风寒独步人
——慢读《安德山池宴集》

安德山池宴集
〔唐〕褚遂良

伏枥丹霞外，遮园焕景舒。
行云泛层阜，蔽月下清渠。
亭中奏赵瑟，席上舞燕裾。
花落春莺晚，风光夏叶初。
良朋比兰蕙，雕藻迈琼琚。
独有狂歌客，来承欢宴余。

一

倘若只自顾吟风弄月，没有同高宗小皇帝绑在一起，正面冲突一个肆无忌惮的女人武曌，那么，褚遂良的书法就少了横平竖直的那条筋，或许也就减了作为楷书大师的几分魅力。

即便面对知己唐太宗，他也从没客气过。

一次，太宗问："我能看看你记的东西吗？"竟答：

"不可以呀。"再问:"我如有不好的地方,一定要记吗?"又答:"一举一动都要写的啊。"

褚遂良这个人的耿介憨直,不懂变通,都能媲美东汉那个硬脖子县令董宣了——董叫板大汉公主,褚叫板大唐皇帝!汉唐再威武,越不过两个男人去。

皇帝本试探,答案是"休想!"态度很恭敬,拒绝最坚决。

他辅佐太子李治登基,鞠躬尽瘁,然与新君也有了冲突。

永徽六年(655),高宗打算废黜皇后,立武昭仪。

褚遂良不同意废后,高宗对他拍桌子瞪眼,他却摘下官帽,放下笏板,叩首至头上都碰出血。

如此臣子前后几百年没出几个——谁敢正面杠皇帝啊?且杠一个又一个。摸摸腔子上脑袋还在吗?

这样一个人,他离开众人,独行在风寒露冷的夜里,宁死不改初衷。

他与当时官场的风气如此格格不入,以至渐行渐远。

狷狂如他,如果提笔写诗,是不是也会与众不同呢?

二

是不同。

正如这首诗的题目所示，池宴是当时的一种风气。京城中，大臣们纷纷营建山庄，造山造湖，假装隐居山林——是仕途感慨和精神所向，在入世和出世间纠结。

他们喜欢彼此宴请。宴请者大都位高权炽，也因为吃了人家的，所以这类诗大都赞美主人：夸他品德高，夸他贡献大，夸他儿子出息狗可爱，夸他老婆漂亮气质佳……巴拉巴拉，总之，夸就是了。

潜意识里的自保和人性中的趋同，都导致你必须这么干，否则就被孤立，后果很严重。

杭州人在西安，褚遂良入乡随俗。所以，开头也是赞美：

伏枥丹霞外，遮园焕景舒。

——马儿在槽头吃草，霞光在天边连片，温柔从容，照着整个园子，真叫好看。

行云泛层阜，蔽月下清渠。

——天色暗下来，云彩在层叠的土山上，遮蔽了月亮，不让它映在清澈的水里。

前四句，写的是眼前景色。从霞光写到月亮，是有时间的推移的。隐隐地，也暗含一些事物——马儿是客人们来时所骑，园子是主人精心打理，主客双方，友好，寒暄，为盛宴做着准备。

亭中奏赵瑟，席上舞燕裾。

湖上月亮　蒋跃绘

——就座的亭子里，乐师们将瑟鼓起来了；酒酣耳热的席间，女孩们的舞也跳起来了。

花落春莺晚，风光夏叶初。

——夜宴开始了，在这繁花即落、鸟儿啼鸣的暮春，在这春风止吹、叶子长大的初夏。

中四句，说的是声色。声是瑟，是音乐；也是鸟鸣。色是舞蹈，也是叶子，是自然风光。

而后继续赞美：

良朋比兰蕙，雕藻迈琼琚。

——好友像兰草一样，德馨，温雅，个个文采飞扬，辞藻比珠宝还要光亮。

　　至此，作者按律诗"起承转合"的写法，分花度柳，安排字句：最初交待记叙的缘起：主人宴宾客，宾客至，皆愉悦；后导入正题，说夜宴热闹，主人盛情；接着记录景致美，气氛洽，一切都好得不能再好。如这样说下去，转成叹光阴颂圣上之类，也就与其他同题作品没了分别，没什么错，也没多少光亮。可他突然变调：

　　独有狂歌客，来承欢宴余。

　　——有个客人，他却突然发声高唱，那歌声狂放不羁，承接着与欢宴不太相符的、余下来的时光。

　　与众不同的是这句。在末尾，褚遂良给了我们一个惊奇。

　　这客人可能确有其人，彼时彼境，的确发生了那件事。更大的可能，压根没有那么个人做那件事，而纯属虚拟，不过作者自比——他面对热闹，以及真真假假的情义，更愿意做个另类的人——哪怕孤独，也在所不惜。独歌人与作者合二为一，虚实合一。

　　这里也极符合律诗的做法——"起"也起了，轻音发端；"承"也承了，婉转深入；到临近末尾，要在"转"向另一事、另一角度、发现别有洞天的基础上，"合"成一个升华的意象，余韵袅袅。

　　高明的写作者总是如此：一方之言，却得八方之和。如同深谙心理学的星座专家，褚遂良说了个"狂歌客"，多少人都从他身上看到了自己的影子。

而今能看到的《安德山池宴集》同题诗有五首，作者有上官仪、许敬宗等，都是特别棒的诗人，诗作整体意思差不多。就像一首歌，大家都唱得挺优美，挺抒情，有人最后突然来了段说唱，节奏强烈，词也给力，吓着周围了。

仅此一点，格调就高出了其他人——其实他们的诗名是高出褚遂良的，看《全唐诗》选本数量和重视程度即可知。但就本诗而言，褚胜。

贺知章：半生出走为游子 一径归来不少年
——慢读《回乡偶书》（其一）

回乡偶书（其一）
〔唐〕贺知章

少小离家老大回，乡音无改鬓毛衰。
儿童相见不相识，笑问客从何处来。

一

这个人，他性格两极分化得厉害。

说他狂，他就狂，人人说他狂，他干脆自称"四明狂客"。当然，这是老年以后的事了。最初，他也只是个萧山乡下的懵懂小子，没有狂的资本。

证圣元年（695），贺知章中了状元——有史可考的浙江省第一位状元。

然而，朝中无人，状元也不好做官。很多年，他一直在七八品之间来回磨叽，就是升不上去。

63岁上，他才慢慢进阶，进入升迁程序。66岁，担任礼部副职，兼太子的老师。

他一生没大起过，可从没落过——小落都没有，一直在起、起、起……仕途得意，才华纵横，由不得贺知章不狂起来了。

不是妒人踩人的狂——鼠辈才那样。他爱才护才，给人的全是好处，积德甚多。私下时才狂放不羁，比如：金龟换酒和李白痛饮，写草书一口气写二十纸停不下笔；酒能从早喝到晚……这个"狂"是冲着自己使劲。厚道人总得有个出口。

二

诗人们都是一代哺育一代。先秦时期尤其如此。这个优良传统到唐代继续传承，文人相亲还没有衍生成文人相轻。

他在长安（今陕西西安）见到了李白。当时贺知章83岁，李白41岁——李白应该都不知叫他哥还是爷爷更合适。后来，想他想得哭，写了好多诗纪念他，老了还带着儿女去上坟，到死都没忘他的知遇之恩。

才高，情商也高；人好，脾气也好。所以书法圈、诗歌圈、酒友圈都欢迎他。

历经六个皇帝，他没见过战争，不参与党争，从没外放，也从没被贬，在世界第一大都市一呆就没挪窝，幸福地将开元盛世包裹进自己的生命，活到即便今天也算高寿的86岁。

约天宝二年（743），他得了场大病，不省人事，后来死里逃生，当即上表奏明玄宗，请求回乡做道士。

玄宗写诗赠送，太子持学生之礼，率文武百官一送老远。这份恩遇，在中国漫长的封建时期中可谓空前绝后。

他却逃回家乡杭州，归隐之心越发强烈——虽然归得委实有些迟了。

那一年，岑参考进士，来到长安，壮志干云；

那一年，杜甫穷困在途，琢磨着两年后到长安来，解决温饱问题；

那一年，李白潇洒地和玄宗说"bye-bye"，离开长安，去云游天下；

……

贺知章呢？他只想回家——可能隐隐觉得，自己的时间不多了，所以才那么急迫地，想落叶归根。

然后，就有了这首诗。

三

人们爱找诗眼。是的，诗眼灼灼，格外突出，好。可那些没诗眼、通篇都是普通字的，一旦好起来，却是好诗中的好诗呢。

这首诗像说话，平实上口，读下来就懂了，都没必要拆分讲解。有点像麒派老生，带些沙哑，可中气十足，没高调子，唱腔和念白差不多。

吴越之地，软语温存。全诗晒太阳一样，舒服温暖：

回家了，好亲啊！离开熙熙攘攘的京城，也离开黄金铺地般的仕途——我们的朝代可是人类历史上的黄金时代啊，此刻所在的时期，又正是我朝的黄金时代。老头子我顶着满脑袋岁月的灰，回到出生地。

少小离家，父母尚健；此刻转来，不见双亲，心头自是有些悲伤。然而不长不短的几十年，从生到死，谁不是暴风骤雨一辈子？而处处离别。随佛转念，自谓非"不及"，也"不过"，半称心已是大满足，便深藏悲伤，醉醺醺，一辈子就差不多了。

——其实，36岁外出考学，不算"少小"，但85岁回头看，觉得真年轻啊。隔了数十载的烟尘，遐想在心头漫卷千遍。

什么都变了，什么也没变。乡音还是那么浓，几十年混迹京城，也没能磨去半点，鬓边白发掉得稀落不成样子了，当年它们浓密如燃烧的山峦。

归乡，就是心的回家，回到童年的纯洁，乱七八糟的时光在这个清净之所被整合，委屈被修补，污浊被净化，一个新我被重构。一条河流重返源头，看到自己原本的清澈。

接下来，他记下一群孩子：

孩童如新花之开，雏鸟之啼，总叫人轻松。他们可能平时见不到多少外边来的人吧？也许因为我太老，老

断桥初春　蒋跃绘

得稀奇？看他们慢慢地、欲躲还围地过来了，小声低语，似乎在讨论什么。

我也有些好奇呢。哈哈。于是就问："你们在说什么呀？是在笑话我太老吗？"

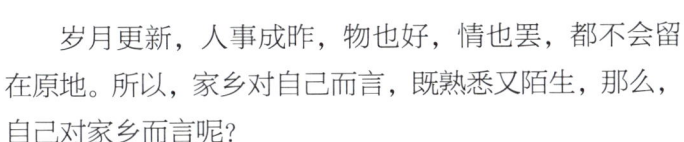

"没有，"一个孩子急急解释，似乎怕伤了我这颗老心，"我们只是说怎么没见过您罢了。"

岁月更新，人事成昨，物也好，情也罢，都不会留在原地。所以，家乡对自己而言，既熟悉又陌生，那么，自己对家乡而言呢？

哦，也许已经全然陌生了吧？你看，孩子笑了，抬头望向我："可是……您是从哪里来的客人啊？"

没关系，人总与家乡有割不断的联系，即便离开得太久，恍如隔世。比如那孩子，也许是我某个同年玩伴的重孙呢，虽感陌生，但语气亲昵，大欲攀谈，这笑容可真叫个温暖纯真啊。

——他貌似轻松，还略带调侃，然而谁又知道，慈爱之下，老诗翁心里没有叹息自己今生离去不曾踏归门，一旦归来竟白头？耽于浊世浮沉，不曾膝下尽孝，不曾守灵台，不曾如田舍之家享天伦，其中微凉，人间可懂？

这一天，距离他的仙逝还有一年多的时间。

诗人不知道。他的家乡也不知道。

四

这是那首每个远离家乡的人读一句就开始想念的诗。

游子无论走到哪里，只要一回头，就能看到它。既忍不住笑，又忍不住哭。

故乡常常并不繁盛，凋敝或是常态，老屋，坟墓，废墟……随时入眼。就像一条失去独流入海能力的河流，只剩下河床。

然而，故乡内在的生长之物不表现在表象，那种绵长无已，有时只因母亲长眠在那里。思念一直在增长，或许直到死去。另有晦暗不明的召唤，在他乡打拼的日子里，响在心上——这种召唤，有时以一缕故乡小吃气味的形式出现，有时直接以喜食某种食物偏好的顽固存在胃中，如影相随。最后，往往表现为临终前落叶归根的唯一愿望。

所以，对于一个成年人、尤其一个老年人来说，故乡不再是物理意义上的居所，而升华为一个象征，成为游子的精神家园。他需要有所依傍，需要被接纳被抚摸，需要那种花朵为一人独开的感觉。

有人辞官归故里，有人星夜赶科场。青春，青春的逝去；激情，激情的隐退……这世界翻来覆去，就这么几样。

故乡却是安宁无争的，它拒绝车马喧嚣，从不无限度敞开，在有限的闭锁中得以保全自身。因此，经历了外部世界的折腾，回乡才感觉是安全的、喜悦的。

谁不喜欢诗人们晚年的作品呢？它们多么成熟，文气笨拙，像沉甸甸的谷穗。

他回乡后的情况史载不详，第二年因什么病症去世也不明了。其实，他去没去世也无人知晓——听说一个人在某时某地死了，结果多年后又有人在另外的地方看到他，并与之交谈，喝酒，留下诗文，一起谈笑……想来，世上果真有这样的事的话，主角当然非他莫属——这样好的好老人，理应在传奇之上再创造传奇。

贺知章：西湖水注玉杨柳
杨柳风裁锦西湖
——慢读《咏柳》

咏柳

〔唐〕贺知章

碧玉妆成一树高，万条垂下绿丝绦。
不知细叶谁裁出？二月春风似剪刀。

一

贺知章晚岁所处时代，正值大唐的巅峰时期，虽说老先生高官得做骏马任骑，然而也是受拘束的一生，就连文字，大多数也端肃有余，活泼不足。缺什么补什么，金碧辉煌之外，他放下身段，开掘了另一种生活，以弱中和了强。

所以，与政治生涯相反，他做的事都是轻松有趣的。经历的朝代越多事越多，他越放得开，越喜欢开玩笑，喜欢笑。

顺口，敦厚，无技巧，像儿歌，透出的那种淡淡笑容，却像返璞归真后的老人，"已识乾坤大，犹怜草木青"。

小处说，老来万水千山走遍，还喜爱草木；大处说，已明白了世界的庞大复杂，还能体察到细微的美好，对万物有情。

老年贺知章就是这样：心如华堂，整洁明亮，且温煦，春风拂面。

二

贺老之后，再没人能写出这么棒的"柳树之歌"了。

碧玉妆成一树高，万条垂下绿丝绦。

——高高的柳树长满绿叶，柳枝垂下像万条绿丝带。

人勤春早　蒋跃绘

首句将整体上的柳身比成玉,着实清明可爱。柳在春天刚绿时,有种鹅黄的味道,嫩生生,幼稚,剔透,远远打望如碧玉。

走近来柳枝一条条看得分明——"万条",可见其细;"丝绦",丝编带子束腰,动时如风拂柳,《红楼梦》黛玉出场,曹公即喻之以柳,可见其柔其美。

"一树高"高挑其身,这是说其婀娜了。

不知细叶谁裁出?二月春风似剪刀。

——知道细叶由谁剪裁的吗?就是那剪刀一样的二月春风啊。

第三句看见了叶子。柳叶初生,发辫般规律排列,自然落下,是"垂"的,否则,就失了驯顺——柳枝多顺啊,柳叶也是,又偏偏逆了草木的一般规律,向上高着高着,忽而齐齐低垂。

末句解读柳的密码。柳是动的,随风动,就是合了大自然的律动而动,就是与风、与大自然拥抱在一起,合为一体。风一点点吹拂,时间过去,叶子长大变色——由鹅黄而新绿,再碧绿、墨绿……整个春天就完成了裁剪。后世王安石那句"春风又绿江南岸",说的何尝不包含柳呢?

春风一来,田野、山脉和湖面,所有事物都被裁剪一新——万物开始活动,柳枝努起紫铜色的小嘴,吐出鹅黄色的小舌,小鸟唱出银光闪闪的歌,地下的虫子醒了,湖上的涟漪柔绿地晃起来,大人开始耕田,孩子们也忙趁东风放风筝。

堤上初春 蒋跃绘

冬之肃穆冷硬的碎片落去，最新最柔软的日子也就开始了。

美好之事发生在风里，咏柳，亦在咏春风。它的巧妙，它神秘而巨大的力量，在一把剪刀的比喻上体现。春风创造春天创造美，创造欣悦。

大自然有意无意遗下的透明信息，被有心人捡拾，而生活里最甜润的部分，也于诗意馥郁中，显出了模样。

三

艳是桃，静是李，幽娴是梅，忧伤是落樱……温柔是杨柳。

在杭州这片土地上，柳是靠水的，就是靠江、靠湖，一靠着水，柳的好就加了倍，水滋养了柳，柳也涵养了水，它低下去低下去，就低到了水面，从柳枝的缝隙里看水，或从水面上看柳枝，都添了双倍的美，闪着玉一样的光亮。

柳是春风裁给这座城市再美丽不过的裙裾。

宋之问：愧怍红尘曾逐臭
慰藉灵隐亦听香
——慢读《灵隐寺》

灵隐寺
〔唐〕宋之问

鹫岭郁岧峣，龙宫锁寂寥。
楼观沧海日，门对浙江潮。
桂子月中落，天香云外飘。
扪萝登塔远，刳木取泉遥。
霜薄花更发，冰轻叶未凋。
夙龄尚遐异，搜对涤烦嚣。
待入天台路，看余度石桥。

一

李白是白酒，杜甫是黄酒。和醇厚老酒相比，他这种，就是醪糟蛋——其实已经是一味小吃，可以佐酒了，可也有酒味道，能喝能吃，解馋管饱，到得肚里暖烘烘的，价格不贵，且卖得很火……

对，说的就是你，宋之问先生。

唐人有豪杰气。是普遍意义上的总结，可总有例外。

宋之问在格律诗上具有开创之功，可与写古体诗的苏武、李陵比肩。但他犯了一个文人最不该犯的错误。

一天，他忽然发现：外甥刘希夷的《代悲白头翁》写得出奇的好！

他难受。找来外甥，让他出让署名权。

命运无常，就算没犯什么事，青天白日走在路上，也一把被人抓入监牢——刘希夷不知道，压根儿没有妨碍谁，写首诗就倒了大霉。

他进一步动摇外甥："孩子，你看我已是诗坛名家了，有这首诗会更厉害，你初出茅庐，有没有它有什么要紧！"

真是乱讲，人家写首好诗，不正好想被文坛发现吗？

见外甥摇头，就退一步说："不行的话，我就摘用其中两句，你看怎么样？你可千万要守住这个秘密哦。"

刘希夷社会经验不足，驳不过情面，点头答应了，可面上笑嘻嘻，心里……咳就那样。一生中人人几乎都经历过那样的时刻。

到底年轻，还有不甘，与人交谈时，竟把秘密泄露出去。

这么一来，宋之问傻了。恼恨之余，雇个杀手，将外甥用土袋子活活压死。

死是什么？就是一个人他不能再吃饭，也不能再说笑，你不会再与他相见，从此以后，红尘种种都与他无关了。可怜刘希夷死时才满 30 岁，热爱诗歌，并且还没写够。

就为了这十四个字："年年岁岁花相似，岁岁年年人不同。"

想想此人简直吓死人——不要说做他朋友、他外甥，就是做他的舅舅，也难免不被这劳什子外甥打了闷棍。

于是，后世读到人人都觉得"那就是我"的句子"近乡情更怯，不敢问来人"就惋惜：他何以笔下也能出有情有义的诗？

也是可能的吧？一是他那一刻纯纯粹粹只是诗人心肠、诗人情操而非弄臣凶恶，思乡之情人皆有之，是大概念上的爱与温柔；二是好从苦来，那时节他正倒霉，嚣张收了，流放的艰辛玉成上品好句；三是诗歌超出世俗世界之外，自成一个国，不是一个维度，不能以常理论它。另外，世上的一切都在矛盾的冲撞中前行，花朵有时也叫做灰烬，很多事不是用简单的好坏来划分的，人品和文品有时也会出现分离，因人废文不可取。

后来，武则天举行了一场诗歌大赛。东方虬率先成诗，吟毕，被赐锦袍一件。

随后宋之问写好，尾句"吾皇不事瑶池乐，时雨来观农扈春"，可谓将马屁拍得又准又响。

转瞬，锦袍易主。

东方虬的难堪可以想见，宋之问的喜悦自不必说。

这次诗赛，点燃了他内心深处的虚荣，因诗而名、由文而贵的快感，在披上锦袍的刹那间，如鲜花般绽放开来。从此他一波拦尽一波生地宴游，哪里都少不了宋大才子，锦绣文章上浮漂着的，全是歌功颂德的泡沫。勤奋而富天赋的他，用最华美的辞藻，最虚夸的声调，贯穿起他有幸参与的每一次吃喝玩乐。

神龙二年（707），他因检举好友有功升官发财，好友却在牢里被三提七问，开刀问斩。

这边厢鲜衣怒马，那边厢法场人头。老百姓都骂他。问题是，他并不在乎——贪婪占据了大脑所有的沟回。贪婪并不是哗变，而是一点点秘密生长，芽苞萌生时，就注定了肿瘤样繁殖及最后的溃烂。

宋之问并不孤独，从庙堂之高，到江湖之远，从古到今，小文人这个群体不绝如缕。中国知识分子向来有两种面孔：一是忧国忧民，二是忧名忧利，前者不必说，后者以自我为中心，以贪婪为半径，时时在画着自己的人生圆。主子一变人就变，自己一阔人就变，随时换嘴脸，从来不嫌烦。即便于利上不好意思不收敛，于名上，铁定是非常好意思劈手横夺的——他忍不住。

成为一个狼人是有代价的，在戕害他人之前，必定先杀死人性，成为心理上的残障。如此说来，他也是可怜人。

中国历来的传统：于古人，小节能盖就盖，这个可以理解；但大节一旦有损，尤其是手上沾了血，性质就变了。

后人再善良，对古人再怎么不苛责，也无法给他加过厚的滤镜——脸面上太深的沟沟壑壑还是严重地破了他的相。

得让人知道真相。

二

其实再怎么春风得意，也会有马失前蹄的时候，尤其在他生命的后半段，几乎一步一个坑。景龙四年（710），他被贬任越州（今浙江绍兴）长史、途经杭州，写下了这首《灵隐寺》。

鹫岭郁岧峣，龙宫锁寂寥。

——飞来峰具葱茏之美，灵隐在清幽之境。

首字各用了借指：鹫岭，即印度灵鹫山，此处指飞来峰。龙宫，相传是龙王请佛祖讲经说法之地，此处指灵隐寺。

说山的高大、林的茂密，只为衬托灵隐的藏之幽深。

灵隐寂寥。

本应寂寥。佛家以清静为本，外边花儿落了，山寺桃花却刚开。寂寥是寺的本分，也是其内美所在。

楼观沧海日，门对浙江潮。

——首联缓缓开启，次联山峰忽起：楼阁面对着大海，海上日出开始了，门外就是钱塘江，潮水澎湃有声，正是观潮的好时候。

原本前两句已场面不小,后两句尤其气势宏伟:苍青山麓,赭石寺院,一下子添上一点亮色——大红颜色跳脱,温暖,点燃画面。而钱塘潮在诗中的出现,又在青碧中拍出浪花的雪白。日出缓缓,呈上升状,潮水迅疾,展铺开势。一纵一横,颜色对比鲜明,动感相互应和。水是钱塘江,也是东海,其浩浩汤汤,破纸而出,阳光千丝万缕悬挂在山峰上,像天堂垂下一条金色挂毯,天地吉祥,人间辉煌。

这一联字字不可俭省。以一小小山寺为磁铁,吸入大山、大水,红霞飞溅,白浪滔天,声色均超出日常所见,这自然景观的壮丽雄浑,以及美之极致,方不负人称"大自然"——好大!好浑然天成!衬托得人多么渺小,多么自惭形秽。

作者的胸襟一览无余。难怪这两句一出,轰动诗坛,百姓争相传抄。

可以想见,哪怕就此处而言,地理意义上的景色也远不如诗意世界中同一景象更美,更纯净。它超越了物理空间,脱离了既存的线性流逝时间,进入一个无始无终、虚实搭建的幻境,同时剥离了战争、运动、宗教、律法等的牵绊,具备惊人的容纳力。它值得你拥有。

或因宋之问到底有前科,名声欠佳,民间甚至将这两句附会成是骆宾王所作。当然也有具体原因:前后句里个别字用得别扭,意蕴也不算隽永;其壮美不似宋的风格,倒很像骆的一贯口吻——当时骆宾王被传躲在灵隐寺。

骆宾王何许人也？就是那个 7 岁咏鹅的神童，性格和宋之问正好相反。曾一纸檄文天下动，反抗武则天。

桂子月中落，天香云外飘。

——这两句回到了灵秀的细节描写：中秋时节，寺中桂花从月亮里飘落下来，佛香袅袅，似飘向天外的云雾。

传说，在灵隐和天竺寺，每到秋爽时刻，常有似豆的颗粒从天而降，传闻那是自月宫落下的。桂子的奇香，与礼佛而生的异香，一个飘落，一个上升，两两交会，仙境与俗世碰撞，妙不可言。

在杭州，至今两三百年树龄的老桂树就有很多，动不动就几十棵连成片，将同林的栗子树都熏香，也不是吹的。

扪萝登塔远，刳木取泉遥。
霜薄花更发，冰轻叶未凋。

——我时而攀住藤萝，爬上高塔望远，时而剖开树木，（挖掉内芯，拿这临时制作的瓢）到远处取泉水，时而观赏那迎霜盛开的山花和未凋的红叶。

乐句悦耳，音韵美好，一对一对的出现，五言排律用"二萧"韵，念起来似曾相识，意境上也略同，叫人怀疑：后世曹雪芹的灵感是否从此而来？芦雪庵即景联句，你争我抢，谈笑间，才女们把"二萧"的韵几乎都用完了。

如果心无杂念，这一组组的好句子不用品意境，只在桌边敲敲平仄，也能让人格外开心呢。

夙龄尚遐异，搜对涤烦嚣。

——我自幼就喜欢远方的奇异之景，今日有机会面对这景色，正好洗涤尘世的烦恼。

待入天台路，看余度石桥。

——等到走入天台山的路，看我踏过其中的石桥吧。

由灵隐所见，到归隐之思，过渡自然。浙江天台县有座天台山，佛教圣地，石桥传说为神之居所。

宋之问此时处于人生低谷期，难免产生幻灭感，看空山如洗，花木欲燃，而古寺安详，遂起归隐心。

凡事靠夺怎么能真正得到呢？那两句人命诗现在还不是好好地在原作者名下？不要说区区两句诗，就是千万间广厦，用受贿夺来，百年临了，还不是钥匙拿在不相干的人手里？看破舍得，就睡得安稳觉了。

孟浩然：乡关何处愁日暮
明月几重锁清秋
——慢读《宿建德江》

宿建德江
〔唐〕孟浩然

移舟泊烟渚，日暮客愁新。
野旷天低树，江清月近人。

一

孟浩然生性安稳，大半辈子，干过的最刺激的事是种田。

马上40岁了，他还在田里转悠。粗手大脚，好脾气，面相老，身上有蔬笋气。

他生在盛唐，却没有诗人风度，像老屋，不挪一步坐在襄阳（今湖北襄阳）的村庄里，坐出了坑。

他似乎有点傻。然而他真的傻吗？

他选择角落，是明智的。安静利于写诗。一个庞大的诗歌王朝，其实它的角落也是有限的。到处都是人。

农民的孩子，长大后是农民，到中年还是个农民，能有多少机会专门学诗？好像也没人教他写诗吧？像只野生的鸟儿，忽然无师自通唱了起来，唱得大家都站下来竖起耳朵听，如听风雨。

诗人大概就是这种鸟儿，教是教不出诗人的。生命深处的东西有时真是不太好说。

一个农民写的诗，自然里里外外透着简拙，也舍得长，个个头面不小，切开来，跟一个个萝卜或西瓜似的，并不知道含蓄着，内容总不离自己那一亩三分地，落得很实，简直都不像个诗。一般而言，落实了就平常了，于他却不成立——这显出他的不平常。

他的小句子语调轻省，心思简单，那么朴素，那么美。朴素不可能不是美的，而一种美到了极致，就有了超现实的气息。那样的朴素和极致的美来自劳动。

是的，劳动——没有办法，写作和种田都只能劳动。每天从劳动开始，并努力爱外物，让劳动和爱成为习惯。如此这般，平时流汗，专心桑麻，春天睡点懒觉，听听鸟鸣，冬季农闲时喝点小酒，也就满足了。

二

开元十六年（728），都该不惑了，他居然动了入仕的心思，进京赶考，可惜不第。游历一番倒也不错，过惯了农家日子，进城满目新鲜。

一开始，长安文化界并不重视他，直到在一次文学交流会上,他吟出"微云淡河汉,疏雨滴梧桐",才对他刮目相看。

他开始"有"了——有名气,有王维的友谊,张九龄的举荐,下面呢,等皇帝召见后,肯定是有钱。

谁能离得开钱呢?贫穷最悲哀的地方是:什么都值钱,就是自己的命不值钱,苦难来时只好拿命去顶。

诱惑不小,纠结厉害。

他是愿意有钱,但不愿同时还有了热闹、虚头巴脑的浮躁、被嫉恨的烦扰……光从天上照下,晃得眼疼,他开始想念——

想念他的田,他的锄把子,甚至还想念那个同为农民、热爱文学的邻居下个重阳日去看菊花的约定……于是,他把入仕念头像打碎一只擎在手上的玉杯子一样打碎了,坚定了归耕的决然。

他匆匆给王维留下一首诗,说了等皇帝召见没什么劲,说了不舍兄弟,表明自己"只应守寂寞,还掩故园扉",悄然辞别。

朋友们真是没说的。一直到开元二十三年(735),他快五十岁了,韩朝宗还有心帮助,唤他一同去京师,打算向朝廷举荐。他一时糊涂就答应了。可临出发那天,他与乡下朋友喝酒,居然把进京的事忘得一干二净。有人提醒,他说:"既然喝开了,还管什么别的事。"没去。

两年后,张九龄招他做幕府。这次去了,可没多久,人家老先生又回农村了。

一线、二线甚至三线城市呆得时间略长，都觉厌弃，只有回到村里，他才舒心起来，低头流汗，仰头望云，看到花瓣一样精致的草，听土地均匀的呼吸……

就这样，他接着过他的散板生活，再不左顾右盼。

三

这首诗是唐人五绝中的写景名篇，如江水初发，见清不见深。

当代偶见对简净事物的误解：摹景状物是沉溺风月，只有写苦大仇深才具价值。岂不知这些是永恒之物，最值得咏叹。古人对山川怀有类似神灵的崇拜，对自然的记叙安静唯美，使人心眼俱明，或喜或哀，都是阅读快感。

江南多水，交通工具简陋的时代，汽车飞机梦里都没有，要走长途，只能骑马或骑驴，乘车或乘船。

诗人乘小船，在建德江上航行，路途安静，寂寞为全诗定下基调。

移舟泊烟渚，日暮客愁新。

——把船停泊在烟雾弥漫的沙洲旁，日暮时分新愁又涌上了心头。

不知不觉天色将晚。大江辽阔，茫茫无边，哪里才是个头啊？只好找个江心洲，移舟靠岸，找地方投宿。

此时大雾已经下来，笼罩四野。小岛上有住家，如房屋灰蓝色的呼吸，炊烟升起，家家在备晚炊——二十个字有限，诗人没写出来的比写出来的要多：江心洲有人家才投宿，傍晚正是烧饭时分，住家温暖与自身凄清形成对比，烟雾交融，自然景物与人间烟火交融，让诗心恍惚起来。

首句点题，暗示时间地点，下面进一步表明那一刻那种环境下的心境：

天色将晚，才有了太阳即尽，才起了投宿意；天色将晚，才有了雾霭对大地的温情拥抱，才有了炊烟扶摇吐息……江水浩大，水气蒸腾，也在黄昏。没有写出、心里都明了的还有：此时正值鸟群归巢，鸡鸭归栏，牛羊入圈……万物同理，都要团聚、休息、回家。黄昏本身就让人潜意识里与"老""完""难"等挂钩——"夕阳无限好，只是近黄昏"，一句里，这三个字几乎全部涵盖。至少，傍晚不精神，泄气，没劲头，是朝着与勃勃生机相反的那个方向走。

身在异乡的人，只能为异客，一个处处客居、需要天天投宿的人，他怎么会不愁呢？新愁是眼下的迷茫未知，归家的邈远无期，旧愁是无人了解的孤独，身世飘零雨打萍的卑微……一时间都上心头来——何处合成愁？离人心上秋。

几乎所有人都曾有过这样的时刻：暝色四合，太阳在树林的边缘落了下去，水流练习着捣衣曲，鸡犬在篱落间互致晚安，而眼前景物似乎熟悉，又模糊不定，风来风往，寂静荒凉。一切恍如在梦中，身体被一种陌生的感觉攫住，魂魄不知飘向了哪里，但内心清楚地知道：我只有我自己。那种感觉叫孤独。

野旷天低树，江清月近人。

——原野无边无际，远处的天空比近处的树林还要低；江水清清，明月仿佛更与人相亲。

太阳落山，天色黯淡，万物归家，四野空荡下来，只有几棵树木矗立在那里，他们沉默无语，相互呼应，每一个都是一部静水深流的志乘大书。而天空更加辽阔，一股脑儿罩下去，没个遮挡。打眼望去，似乎比树木还要低似的。

天空的空旷，四野的空旷，都是心的空旷，心的无所依傍。世界空旷得淡远，一些最柔软的回忆就升上来了，会让人起忧伤。

第三句全是摹景状物，心情也在不言中。

末句，太阳彻底落到山的那边，月亮接管了人间——东山升起，硕大，橙黄，朦胧无光，顺时针移动，慢慢小下来，白起来，却渐渐明亮。

空旷的大天，高挂着明月，江水清澈，月光洒在江中，色块拉长，晃动不已，月亮映在江中，和舟中的旅人这么切近，似乎一伸手就能捉到，捞取出来。

古人的天空中挂满了月亮。月亮是他们的理想国、心灵史、爱人或图腾，更多时候代表着故乡。月的近与家乡的远、前程的远、温暖的远……形成对比。

万物止息，树木零落，天地空旷，月光温柔，而身在茫茫大水中央，心如同与世界隔着一块巨大的毛玻璃，不见亲人，不知投宿何处，晚餐在哪里……

天高，江清，草木衰败，枯枝根根伸向天空——春天主生发，万物生长，秋天主凋敝，万物衰亡。秋的肃杀寒凉让寂寞又添几分。

此诗先提羁旅夜泊，再叙日暮添愁；最后写宇宙广袤静谧，明月伴人亲。一隐一现，虚实相间，互为补充，构成语境，字字泰山，将内心忧愁勾画得历历在目。

四

这首诗几可比喻人生的孤独之境：也许所有的路走到最后，都只有自己一个人。一个自己支撑着另一个自己，一个自己安慰着另一个自己，慢慢地，一生就落在了后头。

他写得慢，内容也无非身边事物，芝麻绿豆，土气里自有种世道人心的旧颜色。

后世有人说，他的诗数量少，质量也不高。

是啊，他的"微云淡河汉，疏雨滴梧桐"，再清寂也比不过王维；"气蒸云泽梦，波撼岳阳城"，再雄浑也比不过老杜；"不才明主弃，多病故人疏"，再萧冷也比不过刘长卿和"十才子"。然而，各种七拼八凑的论文都灰飞烟灭了，他的五言诗们还活得好好的——来自泥土的新鲜触觉，以及对心情的天真描摹，都是别家心里有、笔下无的。

孟夫子这个人，值得好大的李太白不断念叨。

李　白：生来总亲山和水
　　　　醉去全忘是与非
——慢读《与从侄杭州刺史良游天竺寺》

与从侄杭州刺史良游天竺寺
〔唐〕李白

挂席凌蓬丘，观涛憩樟楼。
三山动逸兴，五马同遨游。
天竺森在眼，松风飒惊秋。
览云测变化，弄水穷清幽。
叠嶂隔遥海，当轩写归流。
诗成傲云月，佳趣满吴洲。

一

君不见，李白之才天上来——他的好朋友杜甫是怎么说来着？"白也诗无敌"。这是非常高的评价了，"无敌"，势如破竹，无可阻挡。

他用什么来破竹？说起来像段传奇——那样巨而重的才华，他只用两个字支撑着：夸张。有时随意大了，带出自己性格的缺点也满不在乎。

他多么会夸张！从生到死，都像个不断惹祸、常常好奇的孩子，整天过着有趣、不用负责而充满好梦的日子。

李白是没有故乡的，或者说无处不故乡——醉酒的地方就是故乡。

开元十三年（725），25岁的他背一把剑，由蜀入陕，入楚入鲁，入吴入越……沸腾的血液使他像荷马史诗里的那个奥德赛，永远漂泊在冒险的长路，一路的蜀道猿啼、洞庭烟波、赤壁风云、江南湖海……全因他而顷刻飞扬，像清风演奏云弦。

因为李白漫游式的行走，大半个中国的土地上都盖着三层诗歌。

像他抛弃的世俗幸福一样，在他，身外的一切都是没有意义并浪费时间的东西，他的使命就是准确表达出上帝安置在他灵魂中的秘密。

他是第一个，可能也是最后一个被上天派来的使者，一个充当了人质、游历一番再带回天庭关于人间消息的仙。

实行起来未必真的那么仙。然而就算多么不易，他还是不乐意摧眉折腰事权贵——试过，辞亲从老家出来，就是打算事权贵的，去长安干谒——拜见权贵，请求他们向皇帝推荐自己。哪个知识分子儒家法家的装了一肚子学问，不打算进仕谋爵，干一番事业？于公可以报效国家，于私可以大展宏图，物质精神双丰收，何乐而不为呢？况且在一个男人年轻的时候，热血是分给壮志、女人等几块的，老了才只给活着——只求活着，活着就好。

因此，大部分人走过了这样一个历程：官迷—打脸—无望—失落—酸楚—怨恨—去你的吧。李白也没能例外。

他一经出蜀，蹉跎到31岁，仍没能见到玄宗，觉得自己废了。于是离开。其间仍不死心，两度献上歌颂玄宗的长赋。

天宝元年（742），因为玉真公主和贺知章不遗余力的称赞，他终于如愿，应召入了翰林。

理想很丰满，现实很骨感，他拔剑四顾心茫然：没能施展抱负，只是奉命写点诸如"云想衣裳花想容"之类的赞美诗，献给杨玉环，那个肉冻一样的胖姑娘。其间，传说李白在朝堂上让力士脱靴，杨妃研墨，这样貌似张狂的举动，掩盖的其实是不满，借酒撒疯罢了。

他的雄心冷下去。

于是，天宝二年（743），李白果断离开，拿着玄宗给的路费，以梦为马，踏上修仙之路。此后，一直到平常人知天命和耳顺的年纪，他都在朝气蓬勃，逆风而行。

人山结合方为仙，李白踏遍青山，半为开心半修仙——冥想将地气引入脾脏之中，点滴温养，承载天地间的气息，由此栽培根基，以脾为中运化，固牢其他四脏。道家所谓修炼，多为强身健体，少为幻化升仙。李白迷之甚深。

能接受不能接受，都要接受：我们的"诗仙"，他是个道士。

实话讲，早年求仕，李白并没找准自己的位置，缺乏明确的政治主张，一张嘴就露馅——太情绪化，时不时冒出夸张之辞，怎能得到盛唐政治老油条们的信任？其实谁都不怪，不选他治理国家，赐金放还，去云山雾罩诗里画里做大师，应该是最适合他的人生之路吧。

二

他用近乎天才的狂妄，"童言"无忌，不推也不敲，把乐府和歌行直啸得天地崩摧，黄河倒流："仰天大笑出门去，我辈岂是蓬蒿人。""我本楚狂人，凤歌笑孔丘。""狂风吹我心，西挂咸阳树。"……其中句号都该换成感叹号。

那些一场场战争似的句子，让人想起林中的响箭、雪地的草芽、余焰中的剑影、大河里的浪花，从天直落的狂飙和瞬间喷吐的火山，如羌笛吹、胡旋舞、山走动、星星说话……清新，鲜艳，个个汉字都是饱满的个体，原生，独立，流动，泼辣，电光一闪。他的浪漫、颠狂、爱恨情仇，寂寞与痛苦、梦与醒，他的愤怒和欢喜，他的伶仃，全都达到极端，诉诸歌喉。这样鲜见的好嗓音，飞在风中，穿云破雾，能使闻者打个寒噤——也许所谓绝美大抵如此：美到不可方物，美到不安全。

对他而言，到处都是素材，都是美，剜到篮里都是菜。

盛唐好壮游，玄奘西游，鉴真东渡，带有神圣使命，因此百折不挠。

李白也热爱旅行，却少了点庄严意味。修行无岁月，云上有春秋。到最后，他没能修得寿限千年，却的确修得诗句云飞天外。

〔明〕孙枝《西湖纪胜图·上天竺》

忽略漂泊的辛苦,旅行这件事真是值得:花同样的时间,却比别人多看了一个或几个世界,生命也似乎被拉长,变化出几倍的人生。

用感官去探索发现身外世界,是只有孩子才有兴趣会做的事情。旅行对于满足这种探索发现的好奇,无疑是最恰当的方式——你永远猜不到,下一秒会看到什么景色,遇到什么人。那都是世界的面孔和表情。

而收集面孔,展示表情,是孩子、旅人和诗者最喜欢做的事情,更是李白的天赋使命。

三

开元二十七年(739),38岁的李白丧妻后,心情低落,急需散心。于是,他第一次来杭,赏完钱塘潮,与族侄一起,寻访天竺寺。

只见那天竺寺深藏于林间山谷,拾阶而上,山岚云影,泉声松籁,无一不美。他击节赞叹。

一个满目险峻峭拔、艰难蜀道的人,看到和平柔软的江南,当然会惊叹的。

挂席凌蓬丘,观涛憩樟楼。

——乘坐帆船来到蓬丘岛,上樟楼观赏著名的钱塘江潮。

首句一发,龙象之姿,盛唐派头即扑面而来——是乘着李白伟大的想象力来的。就像他踏清风驾到,却不是驶什么帆船。

当时,杭州境内所现的钱塘潮已远近闻名,天竺寺也早就落成。

三山动逸兴,五马同遨游。

——五马,代指刺史,这里指族侄。如观蓬莱三山,大动逸兴;相随五马刺史,到处遨游。

写作顺序是由远及近。

天竺森在眼,松风飒惊秋。

——天竺寺森然收入眼底；一路松风在唱着秋天的歌。

远观天竺，只见它在一个极好的自然环境里，树木密集，绿色葱茏。风吹来，松涛阵阵，惊动了秋天。

览云测变化，弄水穷清幽。

——看云卷云舒，变化莫测；顺水流而上，穷其源头的清幽。

走近了，见天竺上有白云袅袅，缓慢变化，下有流水潺潺，添了清幽。

看到"幽"字，就见了天竺。"幽"，笔画婉转，瞄上去就好看，小篆写出，如古井沉着宝葫芦，又美又静又神秘。

叠嶂隔遥海，当轩写归流。

——远方的大海在层叠的山峦那边，窗外江水全归向那里。

此时已在天竺寺内。

想来彼时，白云低垂，伸手可摘，绿意如盖，满覆山丘。而把酒临风，青衫飒飒，伫立天竺，遥思大海，远观大江，近听松涛，当然还有鸟鸣如透明果实，晨钟似悠悠香气……真真胸中荡空，是非全忘。谁是神仙？我是神仙！

一首诗像一个人一样，气机畅达，百脉充盈，让人读来目明神清，长力气。

月下舟影　蒋跃绘

诗成傲云月，佳趣满吴洲。

——诗写好了，足以傲视日月，江南山水充满了无限乐趣！

至此，李太白式的飙高音结束，收势，赞美江南，顺便自恋一把，夸自己的诗挺不错的。

四

中国古代诗人中，还真没有与李白特别类似的。倒是被尊为"乐圣"的德国大音乐家贝多芬，同他遥遥呼应——

同样开辟穷荒，做总工程师，盖起浪漫主义的高楼，并成为灯塔一样浪漫主义的标志性人物。

同样持有童心一辈子，自由至上，对人情世故不擅长，也不在意，骨子里是真正洒脱的"狂徒"。

同样喜欢喝酒，喜欢月光，多次写过月光，还喜欢爬上屋顶，在月光下抄下曲谱。

情感之丰富，想象之奇伟，同样是前所未有的，作品盛气凌人，惊天动地。或许可用李白那句"疑是银河落九天"去形容贝多芬的"贝九"，它们同样荡气回肠。

同样喜欢大自然，终生沉醉其中，大自然给他们的心灵以共同的安慰。

同样一生恃才傲物，都敢托着那名叫权贵的东西的下巴颏儿说："来，给爷笑一个。"——李白干点事就让贵族红人伺候，贝多芬吃尊贵大餐时坚持坐在主人身侧，否则便要掀桌子——要知道那时，海顿与莫扎特都很认同身份，乖乖与仆役共桌吃饭。他王者称霸，自创了音乐的黄金时代，兼具英雄和天使双重气质，灿烂光芒照大地，与李白风骨何其相似！

呵呵，单看李白的性格，想来还与一个虚拟的姑娘比较相似：早些时候，有部电视剧曾红遍大江南北，插曲叫《有一个姑娘》，她我行我素，何其痛快！"有一个姑娘，她有一些任性，她还有一些嚣张。有一个姑娘，她有一些叛逆，她还有一些疯狂。……整天嘻嘻哈哈看到风儿就起浪，也曾迷迷糊糊大祸小祸一起闯，还曾山山水水敢爱敢恨走四方，更曾轰轰烈烈拼死拼活爱一场……"

李白应该这样接下去唱："我就是这个姑娘。"

张　祜：卧云眠月终不仕　寻寺聆禅致大乘
——慢读《题杭州孤山寺》

题杭州孤山寺
〔唐〕张祜

楼台耸碧岑，一径入湖心。
不雨山长润，无云水自阴。
断桥荒藓涩，空院落花深。
犹忆西窗月，钟声在北林。

一

与而今概念不同，张祜才堪称贵公子。当时人人称他"张公子"。

张祜迂阔，一生没做过一天官。

论家世，他完全可以纨绔到底，买个文凭，混混官场。他没那么干，科考一次不中，便娶个寻常妻子，生了几个孩子——抽空旅游。

年纪轻轻，便将名利小觑，就有能力也弃着不用，这人也够奇了——看茫茫世间客，或求名或求利，或双索无度，哪见过一无所求的？

好友令狐楚朝中为官，觉得他这么埋没了可惜，就把他的三百多首诗让人抄写出来，献给皇帝。

孰料君子易交，小人难防。皇上将元稹召来，问他张祜的诗写得好不好，元稹却说雕虫小技，内容污秽，有伤风化，大大的不妥。皇上听了，也就放下起用张祜的事。

他给张祜埋了一个雷。

谁一生中不遇小人呢？被人埋雷反而衬出格外的优秀。这没什么不好。张祜边款款写宫词，边奋笔山水诗，他心静似仙。

他的宫词的确好，无可辩驳。相传中宗时，宴上饮酒，令宫人清歌助兴。孟才人一开口，仅唱出半句"一声何满子……"，竟因极度伤心，肠断而亡。

二

城府清浅，也就不用想仕途什么的了，好在他也不喜欢那些。他清净为本，扁舟五湖，整个人化在诗歌里了——风景美，叹美其间，人也是风景，也是诗歌。

他的吟哦不如导游词形象，也不似地图明了，却像春雨遍惠山林，也将自己引入秘境，接通宗教，开启神意，发现了自心的广大。他将自心寄于座座山座座寺院，那些寂寞深沉的存在。

寺院为实有的存在，又充满象征与隐喻。这是天地的拟像，还是灵魂的独语？

人死之前，常被说成"没几天好活了"，而常与自然为伴，应该算是好活吧？最好的活着。

与孟浩然一样，他一生没吃过一天俸禄，或许因此史书无载，诗歌纪年也是个零。

天生的自性恬淡贯穿了生命始终，就连他的死也像美善的诗谶：他仙去的地点，恰巧是生前赞美过可做"好墓田"的地方。

三

他致力描摹寺院，皆清明新鲜，如藏地天空，比照俗世，有着低眉的慈悲。

到得一地，他便寻寺题咏，无不天真自然。

宋之问写灵隐寺，将日出、大潮、月色和桂子等描述殆尽，李白写天竺寺，潮、松、云、海无不触及。到张祜这儿，写孤山寺，不独特一点是不行的，否则会淹没在别人的句子里。真正的创作人都有这个自觉。

钱塘之胜在西湖，西湖之奇在孤山，孤山一带，可谓西湖之心。

孤山寺位于孤山南边。

楼台耸碧岑，一径入湖心。

——楼台高耸在陡峭的小山上，绿意森森，一条小路伸入湖心。

寺院处在这样的环境中。

山外望山，可容纳一切想象。它有形貌，却朦胧隐去细节。当所有细节隐匿，也隐匿了长久时光中的嬗变。

孤山所处的小岛，其实也可叫做孤山。所说与山相称，同样大不盈寸，左边右边皆湖水，湖里有荷；山上山下几楼台，山中多梅。

作者由远景的山的主体，到左边外湖，仍旧用远景，突出了伸向湖中的一条小路。孤山海拔仅 38 米，不可登高，却足可望远，也是一奇。

山岑寂，水平和，路窈窕，寺华严，山水绿，寺赭石，有密集有留白，人物点缀……前两句，十个字，锁一座山成为永不可全然揭示的幽秘之所。

不雨山长润，无云水自阴。

——不下雨山色也经常湿润，没有云水面也是一片暗蓝。

进一步写山写水：山水有再造和自我净化的大力，如神居住其中，即便无雨，山也朗润，即便无云，水也华滋。

江南气候地貌本是如此，多雨，潮湿，多丘陵，河网、湖泊密布……由诗人之口道来，添了自在。

断桥荒藓涩，空院落花深。

〔明〕项圣谟
《孤山放鹤图轴》

断桥荒藓涩

——断桥上的苔藓斑驳成文，幽静的院落里积满了落花。

此处写孤山周边景色：断桥少有人行，渐长青苔，花纹斑驳，冷清荒芜，而一个院落人去院空，落花深深，地上堆积。

这也像个近镜，大特写，闪回，明暗交错，寄寓了生命情感，成为镜中之镜。

前六句并没有正面描摹诗歌主体，却刻画周围，用以衬托寺的清幽。周边已如此美静，孤山的好可想而知。

在这样的表达中，孤山已不似可游可居之地，而俨然仙山了。

山水有情，其形貌、色彩、湿度、光影、声音……

都是言说，天籁与诗人的聆听相遇，便脱离了自身的命名，走向了本质。诗人记录下来，便是诗歌。

达摩面壁，人看他在牢笼，他却于一面墙壁看到天地万象。而处处自拍匆匆离开的山水，对张祜来说不过牢笼而已。他所迷所见，不仅是一座山一座寺，而是意味万千。

诗人在山寺往下观望，不写寺而寺在其中，正如白石老人的《蛙声十里出山泉》，蛙不入画而自现，构思清奇。

犹忆西窗月，钟声在北林。

——还在回想着西窗望月时的情景，山北的林中又传来了悠扬的钟声。

作者不免忆及西窗月，开始抒情。

不知诗人想到了谁，肯定是朋友，或高僧或诗人，由于某种原因离开了这里，或已仙逝……杳如云鹤不可寻。他说：我到现在还记得，当年我们在西窗下月色里彻夜畅谈，时光多美好。

寄情之中，摹景仍在继续："钟声在北林"，暗写谈话投契，时间飞度，寺院里钟声响起，浑厚深远，传入北山密林中。总之，聊得挺晚。

象征之物钟声惊醒的，是小我和无我、宇宙与万物的情绪。

可以想见，古树参天，忽然飘来钟声，缓慢沉着，由小变大再变小，回旋回响，绵延不绝，如月光无垠。

这个暗写，给古寺又蒙上一层面纱，衬出它的恬淡无争，它的一无所有和无所不有。

一无所有而无所不有——张祜写了那么多古寺，平生追求，无非如此。

林 逋：词楫诗舟汉字海
　　　梅妻鹤子孤山家
——慢读《山园小梅》（其二）

山园小梅（其二）
〔北宋〕林逋

众芳摇落独暄妍，占尽风情向小园。
疏影横斜水清浅，暗香浮动月黄昏。
霜禽欲下先偷眼，粉蝶如知合断魂。
幸有微吟可相狎，不须檀板共金樽。

一

宋朝的梅花开得太多了，多得简直岂有此理，每一平方米都呼风唤雨，成浪成海……把整个天空都开成了一株巨大的梅树。

来来回回看梅的，是身兼数职的词人们。宋重文，庙堂要员里，文章太守很有几个，他们一边公干，诗言志；一边偷闲，词言情。

而宋朝的诗人，似乎谁没写到梅花，谁就被开除了诗籍。梅是宋朝诗人心目中的玉女领袖。

西湖谚云："孤山不孤，断桥不断，长桥不长。"孤山不孤的原因很大一部分是因为有他。

世间最大的一枚梅痴就是他了吧？

乾德五年（967），林逋出生。其时，宋太祖执政不久，先杯酒释兵权解了心头患，接着网罗天下英才，来个大换血。

他幼失父母，了无牵挂，别家乡，一直流浪到西湖孤山下，盖间小茅屋，环屋种梅，种植不止，竟至形成蔚为大观的一座梅林！

取大地方寸，日光替移，草木便花开花落给人看，是大自然的慷慨。这等浓福似只应低欲望群体得享。

秋末冬初，他顶着霜降，忍住大寒，采集衰草，编织草帘，再不辞辛苦，用草帘将每棵梅树包围，像给她换上棉衣。春来惊蛰，他为梅树捉虫、松土、浇水、施肥；梅子黄时，便将梅子卖得的钱，分成一小包一小包的，存于罐中，每天只取一包为生活费。等罐内银空，正好又一年，新梅熟时，再兑钱入罐。如是，种梅、侍梅、赏梅、咏梅……四季轮回，花事轮回，成了他生活中最快乐的事。

对时日的期待简化成对花开的期待，简单又美好。在他心里，冬日山丘有了梅，远胜春天桃花织出的煊赫洞房。

他躲起来也不是懦夫——是懦夫就不会在孤山上隐居。说起来他一生没什么惊天动地的业绩，只是在孤山一口气呆了二十几年，不进咫尺之遥的杭城。

孤独着，梅妻鹤子过日月，世俗纷扰与他何干？

安心孤独是需要大勇气的，场面上哗然如鸦倒不必。

他不拒绝友人来访，言谈间，却不理会任何暗示和明请，仍画地为牢，不入繁华半寸。

林逋一天也不肯落入尘网，把个隐士做得滴水不漏，到死初心不改，用"钉子户"般的倔强，将句号画得圆满。

先生微笑而去，安详得好像事先知道这场远行一样。行前，还不忘将一身的大雪脱衣裳似的，脱给了孤山，脱给了梅。

南宋有盗贼入墓，只寻得端砚和玉簪。

二

众芳摇落独暄妍，占尽风情向小园。

——百花凋零，只有梅昂然怒放，独自占尽了山林小花园的风光。

诗人回归心灵，简静生活，看到万物，从而顺应各种力量，将感官打通，并有所释放。这是世界上最平常的事情，像植物一样，全身几乎没有任何不必要的东西……温饱之后，不需要别的了，其他种种，皆如蛇足。

疏影横斜水清浅，暗香浮动月黄昏。

——稀疏的枝丫倒映在水里，水的清澈浅透照得梅尤其美丽，她发出的香气暗暗浮动，在月夜里格外醉人。

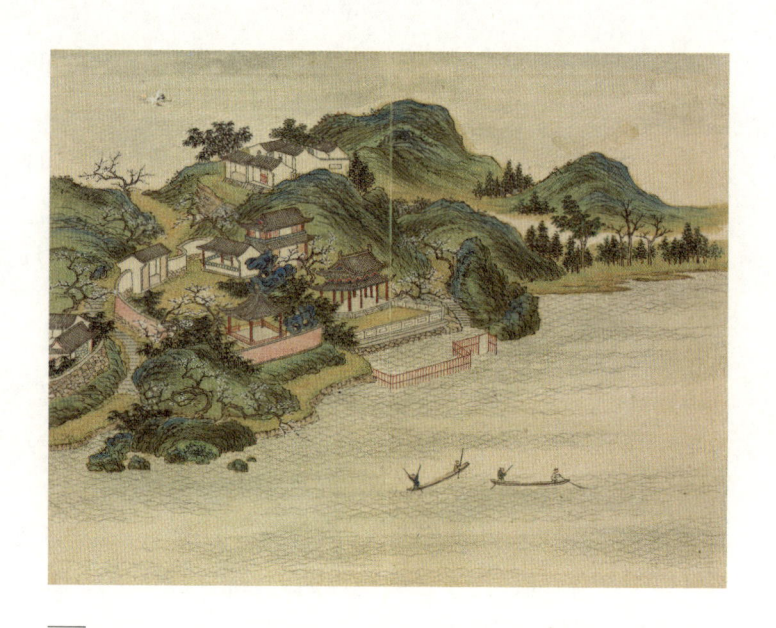

梅林归鹤

　　一个暗字，满诗生辉。诗人没说：你真美你真妙！而是引导读者，看梅影，闻梅香。疏影不是密影——有的花，花期时拥挤排列，枝条都像不够用；暗香不是明香——有的花，香气锣鼓喧天，唯恐人不知道她开。

　　他皴皴点点，画梅而不见梅，梅却宛在，让人不敢加重呼吸，怕惊落花朵。

　　此二句真乃神来之笔，以至后来辛弃疾劝人别轻易写梅，因为林处士把梅写绝了，没给后人留下一点风月。

　　霜禽欲下先偷眼，粉蝶如知合断魂。

　　——冬日的鸟雀想落下时，都会先偷偷地看一眼梅，粉色的蝴蝶如果知道梅花开得这么好看，一定会快活晕了。

"霜"言天气之冷，也暗写白羽；"粉"说蝶之妩媚，也暗写轻盈。霜禽爱慕，粉蝶倾倒。色色相衬，如情情的相衬。

以温柔打眼梅朵，看到的全是温柔。梅低调，自重，安于一隅，卓尔不群，却赢得了更多的尊重和喜爱。

幸有微吟可相狎，不须檀板共金樽。

——幸好能低声吟诵，静静地与梅亲近，而不是敲檀板，举酒杯，大声喧哗。

最后直抒胸臆，诗人用不同的人对梅的不同态度，划分了界限，并与梅合二为一。

欣赏，忘我，自负……都有一点吧，人本复杂，心情也多重，相互关联，合成了一个衔尾蛇，相互咬合。

千年之下，是否还会有人以这样精微的感觉，去备述一种事物呢？他所一线相牵的情思，又有谁接收到并心头一热呢？

古人看过的花，其实也正是我们在看的花，两者没有一点区别。这个念头常常把我们迷住。

眼前看上去十分冷淡的处士，竟写下过慢词《长相思》："吴山青，越山青，两岸青山相送迎，谁知离别情？君泪盈，妾泪盈，罗带同心结未成，江头潮已平！"

想来也是爱过的吧？爱得火热，才深谙相思味。

这个内向的人，他咬紧牙关，用一生花事掩埋了情事。

疏影横斜谁瘦我？暗香浮动我念谁？

那女子是谁，已无从知晓。只依稀觉得，那人也应如梅清减。

墓中玉簪，大概代替她做了陪伴。

到底梅是异物，没折得一枝入土——不知他临去瞬间是否倍觉凄凉？

三

贵贱贤愚各异，生死轮回止一。我们来到这个世界上，被取了一个叫做"某某"的名字。于是，我们顶着这个"某某"开始了旅程。不管宗教中说到我们还会出生多少次，"某某"只有一次，"某某"的父母、同事、朋友……"某某"特定的工作、欢乐、悲伤……只有一次。叫做"某某"的死，也只有一次。

我们该怎样，度过只属于"某某"的一生？

他选择平静，度过了只属于"林逋"的一生。

世人不觉怪异，还有些羡慕。选择自己喜欢的方式过一生，有谁不向往呢？

范仲淹：借月为碗盛琥珀　请风做桥入画图
——慢读《萧洒桐庐郡十绝》

萧洒桐庐郡
〔北宋〕范仲淹

一

萧洒桐庐郡，乌龙山霭中。
使君无一事，心共白云空。

二

萧洒桐庐郡，开轩即解颜。
劳生一何幸，日日面青山。

三

萧洒桐庐郡，全家长道情。
不闻歌舞事，绕舍石泉声。

四

萧洒桐庐郡，公余午睡浓。
人生安乐处，谁复问千钟。

五

萧洒桐庐郡，家家竹隐泉。
令人思杜牧，无处不潺湲。

六

萧洒桐庐郡，春山半是茶。
新雷还好事，惊起雨前芽。

七

萧洒桐庐郡，千家起画楼。
相呼采莲去，笑上木兰舟。

八

萧洒桐庐郡，清潭百丈余。
钓翁应有道，所得是嘉鱼。

九

萧洒桐庐郡，身闲性亦灵。
降真香一炷，欲老悟黄庭。

十

萧洒桐庐郡，严陵旧钓台。
江山如不胜，光武肯教来。

一

天降大任，他的一生都用苦难将养，如同雨水穿越大地，所有的路途都摆动飘摇，明暗交错又千回百转。

父亲范墉在他两岁时一病身亡，嫡母带着自己的儿子回了父亲的苏州老家。身为侧室的范母失去立足之地，娘家家贫，无法收留，只好带他改嫁，远去了山东。

他随了继父姓，改名朱说。继父朱文翰也是进士出身，为人耿直，不趋炎附势，一生没做多大的官，还被调来调去，母子俩跟着颠沛流离。

21岁时，他去长白山醴泉寺（今山东邹平境内）读书，一把小米，撒点盐和野韭菜沫，煮一锅清粥，凉后划开，早晚各吃两块就算餐饭。

他只用五年时间，就考中了进士，立即接母亲去任所奉养。至此,所有的表格填写姓名一栏都还是朱说。三年后,改名范仲淹。

一生为官多地,但他没置办任何房产,租房住、借房住,是这位最高曾做到副宰相职位朝廷大员的常态。

除了宴宾客,家里平时不允许吃大鱼大肉,最后他归老家乡,还把全部积蓄都用在了办学校、置义田与抚恤孤寡贫困上,以至死后装殓都找不出件新衣服。

官场是个易燃易爆的危险品。他的仕途不顺畅,五上五下,文官、武官的苦都吃遍了。

景祐元年(1034),仁宗一心废后,完全不顾可能引发的后果。作为谏官,他秉公进言,一心想让皇帝回心转意。结果就是遭贬。

然而也正因这一贬,范公与睦州(今杭州桐庐、建德、淳安一带)有了深厚的缘分。

二

范公睦州停驻不过数月,却创作了47首诗,占其传诗总量的六分之一——稍闲时光,难得诗酒风流,他借月为碗,盛来诗意绸缪。

这是十幅青绿山水图——

山霭图:是这么潇洒美好的桐庐郡啊——山的褶皱层层舒展,被笼在一片淡淡雾霭中。江南的山圆润温存,正适合盛放一颗受伤的心脏。写诗的人打量眼前一切,眼光伸展成天路,直通到白云里,一时间岁月失重,大

桐君山远眺　蒋跃绘

地归零，心同白云一起，自在飘荡……

青山图：是这么潇洒美好的桐庐郡啊——看，那开窗即见的青山！在它面前，任何事物都觉得自己太年轻。当一代代人从时间里隐去、完全消失，山会依然存在，依然美得让人窒息。人世纷纷，苦痛横飞，可望见它就忍不住微笑。我的人生何其有幸，可日日与青山相望。

石泉图：是这么潇洒美好的桐庐郡啊——老妻展眉，孩子欢笑，全家人都这么喜欢你。泉水活泼，石头稳重，用熟悉的方言对歌，软糯轻快，多么好听。听不到俗世歌舞，只闻泉清音，细长婉转，绕屋唱不停。

浓睡图：是这么潇洒美好的桐庐郡啊——一上午工作完毕，我抓紧午休，一不小心竟酣睡如夜晚，甜甜入梦。从没有过的轻松竟在这贬黜之地得到了。得到了如此珍贵的岁月馈赠，谁还去追求什么千钟粟呢？四十好几了，肺病也不轻。岁月忽已晚，且睡且珍惜。

竹隐图：是这么潇洒美好的桐庐郡啊——人们都住在画里呢：家家泉水，户户修竹，竹枝摇荡，竹叶飒飒有声；竹林掩映，泉水忽隐忽现……让人想起杜牧，作为睦州太守，曾写下诗句"有家皆掩映，无处不潺湲。"那情境和今天别无二致。

春茶图：是这么潇洒美好的桐庐郡啊——密密麻麻，一半的山都被茶树填满，风吹茶园如江水。突然，响雷作法，轰隆震荡，茶被惊出叶尖，雨前春茶即成，就要香淡香浓起飞，派去一脉泉水那里，赢得众人小口品读的称颂。

采莲图：是这么潇洒美好的桐庐郡啊——那么多人家，起了那么多高楼，那么多人体内装着那么多诗。他们相招"采莲去"，也就是说"采诗去"。他们笑上木兰舟，向藕花深处划去。

垂钓图：是这么潇洒美好的桐庐郡啊——那清澈的潭水是多么深啊，足有百丈余。鱼儿悠游，巡视它们的国度。钓鱼翁来了，岁月给他装上一把白胡须，也顺便塞给他一把生活经验。他耐烦地等，而一竿子挑到天上去的，都是肥美的好鱼。

燃香图：是这么潇洒美好的桐庐郡啊——身体安闲，性灵也剔透起来。燃一炷降真香，让人物我两忘，远离了尘土飞扬的人间，沉浸到"无"中。超逸的环境，使人自然而然悟出道教《黄庭经》的真谛。

怀古图：是这么潇洒美好的桐庐郡啊——严子陵钓

台还在：先生的不羁，光武帝的诚恳；隐士风度，明君风神，共同拥有的故人情意……两两碰撞产生的火花还真是有趣。如此处不美，光武帝怎能同意严先生来这里隐居呢？

除却先秦盛行的四言诗，就数五言最为沉郁深阔了，也极为节制。作者平静描述，无起伏，风吹过，该大寒时大寒，该立春时立春，四季节序一样自然。单首干净利落，平淡醇美，颇有陶令风，合起来却又具备了强悍的力量，达成东坡的旷达。

三

上任不久，朋友来睦州看他，为他难过。他却看得很开，反安慰朋友：说古代才子贾生被贬长沙死在那，功臣刘幽求被贬梅岭死在那。我这种不如圣贤的人，来这么美的地方埋骨，何必难过？

富阳的田野　蒋跃绘

范公没想再能升迁，只想守着自己的一颗心，在这里活下去。

任期半年，其实一月委任，四月抵达，六月却已被调任苏州。说起来，这个睦州知州的职位仅仅做了两个月。

然而就像与人结交，有的认识一辈子也成不了朋友，有的惊鸿一瞥，终生相知。

范仲淹眼中的"桐庐郡"，就是这样的一位知音。

苏　轼：一曲声罢惊天下
　　　万众心归向西湖
——慢读《饮湖上初晴后雨》（其一）

饮湖上初晴后雨（其一）
〔北宋〕苏轼

水光潋滟晴方好，山色空蒙雨亦奇。
欲把西湖比西子，淡妆浓抹总相宜。

一

与许多诗人一样，他的诗有极好的，也有不怎么样的；他人格高尚，也有缺点；他勇往直前，也心事万千……望见他就等于望见了所有人。

不纠烂事，不缠烂人，钱关，情关，生死关，关关要命，他都闯过来了，达成生命自由。

他来在这世间，风雨不惧，就是因为找到了一种可能的生存方式，来最大限度地释放生命的愉快。即不将烦恼看成负担，而当作修行的功课。

属于苏轼的优游度日并不多。在杭州的时光是他生命里难得的好日子。

除了死亡，生命中其他事情都是擦伤。苏轼及早认识到：人生苦短，整体结局是悲剧性的，悲喜一体，任何事物与其相反项都是一回事，那么，合理地享受一些声色之乐，无可厚非。

这种心态能使人发现自我生命的珍贵，如不受理智的绳矩，一味破丝袜般任由破败下去，倒也容易，做一个享乐主义者，那么就成为堕落的借口了。那样的人太多。

人生就是一条船，不能装得太多，也不能太少，恰巧合适大不易。难得的是：他就是能找到平衡点的那一个——他不禁欲，不是享乐主义者，更没有堕落，既享世间细碎之乐，又常将清福还天地，拿捏住了其间分寸，因此才有了那么多关于他好吃、好玩、好笑的传说，也有了那么多关于他竭尽所能造福一方、百姓自发给他建生祠等故事流布。

他给人类留下的最重要的遗产，则是引领大家走向更高的精神境界。

二

那一次，他被降职为黄州团练副使，职位低微。艰苦得吃不好——几乎吃不饱，只能寓僧舍、随僧餐，瞎混。

而恶势力不算完：非但诛你的人，还要诛你的心。你活着，他就难受，步步追杀。

黄州之后，苏轼不是被贬，就是在被贬的路上，绝够不上"安稳"二字，处处都有句子叹身世飘零和人生如梦——爬梳苏诗，能看出他也不是一开始就那么想得开，有激愤，有感慨，也能气急败坏，被佛印禅师"一屁打过江"，慢慢地，才收敛平生心，我运物自闲，全然不听穿林打叶的声音，还能专注做些正能量的事。

苏轼用"不听"这巨大的盾牌，来挡住恶势力的打击——从具体的政治忧患，转向宽广的人生思考；从青年的无奈，转向中年的从容、老年的旷达。那是苦难造就的诙谐。

很难想象：该具备多大的精神力量，他才支撑起62年不短的岁月。

熙宁七年（1074），"乌台诗案"大难之前，任杭州通判时，38岁的他才是彻底放松的。

元祐四年（1089），别杭十五年后，苏轼已经历太多，自求外放。因缘际会，再与杭州相遇，成为为官两年的知州。

这座老城也因之得福，光芒之上另有了一层光芒。

似流水似刀剑，是时光。经过了两次来杭，其残生中剩下的大都是颠沛流离了，足迹遍及如今中国的十一个省市自治区，仓皇到有时稍事安顿，刚吟了句表示心里美的诗，就被催命般调离——政敌给他玩恶作剧，命运也是。

而就算一叶孤舟，被送往海岛，他佝偻了身躯，欢喜高唱"坐看旸谷浮金晕，遥想钱塘涌雪山"，我们也能知道：1.他想念杭州；2.谈不上什么生活舒适，都只因他的旷达。

所以，在杭前后五年、尤其后两年的身心通泰，在他一生中弥足珍贵，可谓相对完满的光辉岁月。

面对一座拥有 50 万人口、遭逢旱灾的都市，他首先着手改善民生，政绩包括但不限于：建立了全城公共卫生方案，即一套清洁供水系统（疏通六井—修建水库—引水入户）、一座公立医院（安乐坊），疏浚盐道，稳定米价，修浚西湖……解决了百姓的吃水、医疗、物价等诸多问题。他扎实苦干，业绩卓著，物质文明建设和精神文明建设都结出硕果。

三

他特别喜欢西湖，几乎每天都在此间流连，上班就在西湖边——判案等公务都搬到西湖边办理。西湖时刻在他眼里心里。潜意识中，关于西湖的诗，草稿其实在腹内已有了百遍千遍，到一个时间点，他才绣口一吐，惊艳了中国。

水光潋滟晴方好，山色空蒙雨亦奇。

——晴天，西湖水波荡漾，在阳光照耀下，光彩熠熠，美极了。下雨时，远处的山笼罩在烟雨之中，时隐时现，眼前一片迷茫，这朦胧的景色也是非常漂亮的。

响晴天他看西湖，水光波动，细密整齐的纹路，一环一环荡漾开去，粼粼生辉，像太阳抖开的大幅金缎；下雨了他去看西湖——细雨濡湿了湖，也濡湿了山。雾霭渐起，山色朦胧，山体高低错落，山峰则柔和圆润，刚刚还时隐时现，可染来染去，不觉往外一层层淡开来，后来轮廓干脆梦境般似有似无了。可谓奇景。

西湖自描自画，不觉己美。

欲把西湖比西子，淡妆浓抹总相宜。

——如果把美丽的西湖比作美人西施，那么淡妆也好，浓妆也罢，总能很好地烘托出她的天生丽质和迷人神韵。

前面意境已美极。可苏轼并未收笔，而是另起峰峦，将西湖比作大众心目中的女神：他说西湖是晴是雨，是冬是春，都各美其美，就像西施她哭她笑，她嗔她怒，沉吟不语，都有不同面目的美。

将山水景致比作美人的，确乎太多，而更进一步，将之比作美人中的美人的，他是我们所见的第一个。

那绝代佳人，她本只在前朝传说里，说是西施浣纱时，水里的鱼都羞愧得沉到水底不肯出来。可到底谁也没见过——她的真容，以及这神奇的描述到底几分真实。

还有一点，西子不是别人，诗句不是"欲把西湖比貂蝉"，不是"欲把西湖比玉环"，不是政治斗争舞台上的女主角，而是先时水边洗衣裳，后来护卫国家、忍辱功成却悄然隐退的好女子。

美人都是美人中的美人，然而无论从谐音、音韵、人物经历、人生结局的选择上，都还是西子更接近恬淡，接近诗歌。

读者潜意识里的查漏补缺，与作者创作时的灵光乍现，两两碰撞，让这一比喻浑然天成，像草从土中长出一般自然妥帖。

有了时间和想象的包浆，事物越发珍贵。苏轼"欲把西湖比西子"音未落，整个天下已齐齐接上："妙妙妙妙妙妙妙！"

这西湖该美成了什么样？赶紧动身去看看啊！

它多么平常——没有刺激人的感官，刺激得一读血管就炸了。没有，这首诗看起来没那么玄妙，可就是没人能写出来，只因作者比众人向前多迈了一小步，让人在兴致酣畅之后，还留有了浮想的余地。想着这样的句子，就能听到西湖的呼吸。

跟随圣贤，看西湖的宽阔温柔，长江的深沉平静，如同感受伟大生命的律动，仿佛它们稳定着大地，起着定海神针一样的作用。这些世间的美好大物，坦荡，光明，散益广大，是物质，亦是精神，大家都喜欢。苏东坡也类似于这样的大物。

真是奇了——这西湖过了许多许多年，还是一副苏诗中施施然的好样貌，在她旁边，以东坡金句为根长出来的余韵，叫人忍俊不禁——在豪放悬铃木与婉约垂柳之间，跳着广场舞的大妈们，背景音乐用的竟是优美动听的越剧腔。

四

这个人和他的诗歌一样生动，仿佛他穿越而来。千年之后，我们和他没什么代沟。他在西湖吟诗，我们就像在看现场直播，湖面上空的云彩变幻，那是他亲手布置的道具布景；我们走在挨着花港观鱼的那条路上，看得见平展展的柏油下，他拍打塑型河山留下的手印。

他的这首诗，使他获得西湖颁发给他的"终身成就奖"，并光荣接受了"西湖宣传大使"的徽章——西湖不死，西湖多少岁他就多少岁；西湖骀荡，一波一波，都是写给他的颁奖词。

而杭州就算只被其光辉万丈的半句诗浸润，也能供十四亿人嚼得满口香气啦。

苏　轼：铺陈酒意轻岁月
　　　漫卷云纸写湖山
——慢读《六月二十七日望湖楼醉书》（五首）

六月二十七日望湖楼醉书（五首）
〔北宋〕苏轼

一

黑云翻墨未遮山，白雨跳珠乱入船。
卷地风来忽吹散，望湖楼下水如天。

二

放生鱼鳖逐人来，无主荷花到处开。
水枕能令山俯仰，风船解与月徘徊。

三

乌菱白芡不论钱，乱系青菰裹绿盘。
忽忆尝新会灵观，滞留江海得加餐。

四

献花游女木兰桡，细雨斜风湿翠翘。
无限芳洲生杜若，吴儿不识楚辞招。

五

未成小隐聊中隐，可得长闲胜暂闲。

我本无家更安住，故乡无此好湖山。

一

苏东坡第一次来杭时，西湖正以肉眼可见的速度缩小，杂草壅塞了十之二三水面。再来时，已遮蔽一半。

他很难过，开始着手实施一项宏大的计划：

元祐五年（1090）四月，他给高太后上奏表章，简述疏浚西湖的计划和理由；五月，又上书给尚书、门下等中央部门，表明如不赶快动工，西湖就会消失不见。

朝廷准了。他组织民工疏浚了西湖。

亮点在于：挖出来的烂污泥筑成了湖堤。它飞跨南北，缩短了两岸里程。

苏堤是他留给人间的一道彩虹。

做这些事，他心情实在一等一地好。

也许，每个人的人生版图上都不止一个故乡：一个是地理意义上的，不可选择，如对生身父母的不可选择，那是生于斯长于斯的故乡，命中注定；另一个是心灵意义上的，滋养生命、安放精神的第二故乡，全凭自己寻找、选定，然很多人终其一生都没能找到。

杭州是东坡的精神故乡，西湖又是杭州的精华所在。在她身边缱绻的前后五年，是安适祥和、快乐幸福的，她的一颦一笑都牵着他的心。

第一章 诗

苏堤远眺　蒋跃绘

二

　　这一日,他在船中饮酒,喝到一定程度,酒意欲满未满,还能站起来就是有点不稳,眼里的西湖有点晃悠有点朦胧、可还没变成两个西湖的时候。这个时候,诗意就来了。

　　　　黑云翻墨未遮山,白雨跳珠乱入船。
　　　　卷地风来忽吹散,望湖楼下水如天。

　　哦,你看啊,乌压压的黑云压过来了,如同巨大砚台里的墨,翻腾漫卷,飞速形成排山倒海之势,不断翻滚,就快要遮住山峰。

　　天呐,雨下得也太快了吧?仰着脑袋看天空云彩变化,还没回过神,白亮亮的大雨点子就落了下来,零零星星,却力度贼大,砸得脸生疼。赶紧回船舱,看着它们乱蹦乱跳,打在船板上,更多的落进湖中,溅起的水花同雨花一起,斜入舱内。

杭州的天气就是这样:雨来得快,大起来也快。刚刚被大雨点砸得还没回过神,忽然来了一阵冷风,虎尾一样有力,由地皮上起,半空打个旋儿,狂得撒野,将雨点拧得七零八散,空中雨像条河,倒灌人间。

天气瞬息万变,一如世事人心。雨来得快,大起来快,去得也快。一会儿工夫,忽而放晴,世界清静。赶紧下船,登楼探看——呜呼,好壮观!望湖楼下,满目茫茫,地上的水和湖水连接,分不清彼此;天照着水,水映着天,蔚蓝,明亮,整个漫漶成一则童话了。

——跟着东坡,读者一起经历了一场风雨:云卷云舒,天昏天蓝,风起风狂风消散,雨急雨密雨止息,人惊人躲人赞美……景色瞬息万变,人则移步换景,有远有近,有声有色,动静结合,情景交融。如梦如幻,瑰丽短暂,不像真实发生过。

> 放生鱼鳖逐人来,无主荷花到处开。
> 水枕能令山俯仰,风船解与月徘徊。

话说这一首前两句,写鱼儿欢脱游动,花儿红红白白,美好祥和如斯,正如东坡心境。

然而此诗的趣味却在后面两句。

山不能俯仰,东坡却偏要它俯仰。船一颠摆,躺在船上的人就看到山的一俯一仰。这并不出奇,许多人都有过这种经验。问题在于诗人说"水枕"能让山动起来，似乎水枕有绝大的神力，足以把整座山颠来倒去。

湖上刮起了风，小船随风漂荡，也是常见的景象。人们坐在院里抬头望月，月在云里移动，像在天空徘徊。

说月徘徊，古来甚多，同样不稀奇，诗人把船和月合并同类项，拉到一块来，就生出了新意：船在徘徊，月也在徘徊，但不知是月引起船的徘徊，还是船逗得月也徘徊起来。想来如果是风的力量使船在水上徘徊，那又是什么力量让月在天上徘徊呢？

还有，两种徘徊，相同还是不同呢？

迷人之景动了迷人之思，叫人不辨天上人间。

乌菱白芡不论钱，乱系青菰裹绿盘。
忽忆尝新会灵观，滞留江海得加餐。

终于说到吃。

作为生活大师，东坡爱吃，善吃，还能做，他发明的菜品很多都化腐朽为神奇，可以直接组成中国第九大菜系。

住在西湖边，怎能不就便？随便采采：熟透的菱角乌油油的，芡实白生生的，都是不用花钱就能吃到的好物。茭白做菜做饭两相宜，在湖中浅滩上，就像被包在绿色的大盘子里。看着这些，忽然忆起在会灵观尝食新谷，让我这滞留江海之人尚得餐食。

这里的"江海"，可指政治和人生。"加餐"隐喻

文心锦绣照湖山 HANG ZHOU

望湖楼　周兔英摄

好好活。同时，吃也是最基本的快乐，走到哪里，吃到哪里——在海南和广东，饥饿没能将他打倒，反促使他开发老鼠、蝙蝠、生蚝的吃法，还以幽默的语言，统统将它们写进诗里！

人生是条单行线，无论处于顺境逆境，都用力活着、奔向终点的人是值得尊敬的。

献花游女木兰桡，细雨斜风湿翠翘。
无限芳洲生杜若，吴儿不识楚辞招。

说了美食说植物，东坡眼中无不美之物。

也不能光说吃吧，俗。东坡一世真性情，俗可吃肉，雅可傍竹，离不开花花草草，并自比其香。

这里仍是望湖楼上的视角。一只木兰做的小船上坐着采莲女，她们摇着桨，不时停留在荷花边，将花采下，而后递给游人。斜风细雨里，她们头上碧绿的首饰被打湿了，闪着好看的光。而小洲上长满了各色香草，也是美得不得了。

后两句似受诗句"梦归归未得，不用楚辞招"的影响。作者杜甫说，自己的魂魄至今不能返回长安，仍在楚地飘游，算了吧！用不着再作楚辞以招魂魄。

其间郁郁，感时叹世之意比较明显。

对比前两句的轻松美好，也许会生发感慨——吴越之地，温软和平，这些采莲女平日生活简单快乐，并不知道苦难，不明白忧虑焦思为何物。（这样真的很好啊。）

未成小隐聊中隐,可得长闲胜暂闲。
我本无家更安往,故乡无此好湖山。

与其说赞美杭州,不如说思念家乡。

对,就是这句"故乡无此好湖山"。

书接上回,东坡在第四首末尾,已有怀乡意;前四首大都摹景,末一首却是抒怀——该抒怀了。

他说:我啊,我没能实现小隐,没能脱去鱼钩任遨游,可也算个中隐之人——以上大好景致,足慰老怀。不被重用常年被贬,其实也还好吧,得到了足够多的悠闲时光。

处处无家处处家,不如就在这里住下来吧,眼前所见身所在,此心安处是吾乡,这真是个宜居的好地方啊,故乡可没有这么好的湖山。

此地湖山,湖是"天下西湖三十六,就中最好是杭州"的西子湖,山是圆润娇小、温柔低眉的小山丘,的确格外安慰人。

而东坡故乡,眉山脚下,少时的母慈子孝,兄弟共读,青年夫妻的对镜同照,其实还有老井,洗砚池,门前仙风道骨的两棵大银杏树……谁能忘得了呢?那里还葬着母亲、父亲和发妻。

故乡是最初哭泣最初笑的地方,焉得不美?又叫人怎能不怀想?

说是此间乐,不思蜀,其实不思量,自难忘。

一抹貌似吐槽的沉郁终于隐现。

三

史上李太白,自当年长安一出道,即被冠以"谪仙人",而后旅行天下,举杯邀月,坐实"天仙"美名;而苏东坡,兜兜转转一生,奔走四方,负重万里,侧身赤壁,倦倚西湖,四时相往,六根清净,不枉"地仙"自在。

要论谁更仙,谁的诗更好,其实难辨:太白和东坡,白也天仙谪,降生即自带仙气,有长天巡视的霸气之美;坡乃地仙修,磨难累积拔苦成乐,有大地低垂的温暖之美。

两两好颜色,正如梅与雪——梅须逊雪三分白,雪却输梅一段香。

然而,论全面,还是东坡更佳:不用问他会什么,就看他有什么不会吧,烧个肉都比别人香。更重要的,东坡综合分数高,如同各科平均分数 90 分,与单科分数 100 分 +20 分 +50 分瘸腿严重的类比。仅此而言,东坡的人生更厚实,也更坚强达观——时时无趣时时趣,处处不安处处安,不负天不负人不负己,实现了真正的逍遥游。

单是一个滥好人,可能被人欺;单喜欢艺术,谓书生意气;单热爱吃,不过吃货罢了。能"眼前见天下无一个不好人"的,只有一个苏东坡。

是宗教的境界,也是为人的最高峰。也许,除却那些诙谐的、才华的、旷达的特点,慈悲作为一直为东坡用以飞腾的大席,尤其珍贵。

东坡肯定也有痛苦——不痛苦，何来旷达？肯定也有阴暗面，没有谁是完人。

华夏五千年，历史舞台上走马灯一样，掠过俊杰无数，总有人对其中的某个特别不满意。只有苏东坡，鲜有不服气他的。这个文化现象是吉光片羽，妙物奇观，也是春华秋实，自然结果。

东坡不死，万物是他。

林　升：蜉蝣繁华如春梦　雁阵零落似残棋
——慢读《题临安邸》

题临安邸
〔南宋〕林升

山外青山楼外楼，西湖歌舞几时休？
暖风熏得游人醉，直把杭州作汴州。

一

南宋的一切都在表明：它是一盘未下完而已知结局的棋。

皇帝和主和派们面对金兵入侵，非但没有雄狮怒吼，反而像候鸟一样，北雁南飞了。一路上，如惊弓之鸟，零零落落不成阵形，只好落脚本名叫做杭州的地方藏躲，一藏一躲就是一百多年，直到南宋灭亡。

——这是朝廷本身和南宋子民都没有想到的。

他们给杭州改了名字：临安。

"临安"，临时偏安，临时心安，无论你怎么理解，总之是个临时歇脚之地。谁都以为，眼前都是梦，要不了两时三刻，就尘归尘，土归土，各就各位，一切都是暂名、代理、临时客栈，而江山永固，断不能移。因此，皇上跑，臣子跑，子民跑，只因心里都存着希望。

然而时局崩坏，回返北方渐趋无望。

高宗和他手下那群肥头肥脑又是怎样度过临安岁月的呢？

二

一首题写在临安客栈墙壁上的诗回答了。

它像一面放大镜，将那些人照得纤毫毕现，让自己的批判也隐入其中。

这首诗的作者名叫林升，生平事迹不详，也不知他写过多少诗。

哪怕只此一首，林升此君也值得来过人间。

冷兵器时代的战争，有兵刃互见的痛快，毛笔字时代的文学，有题壁上墙的痛快。

网络时代，人手一部手机，可随时发表见解，南宋当时也差不多——墙壁一堵一堵没个数，人喝酒到酣处，拔出毛笔就来那么一梭子，有的喝完酒回家睡觉了，有的人喝完酒回家被抓了。

不知林升题诗之前喝酒与否，题诗之后，是不是也曾忐忑不安（这两个可能性都不小）。我们知道的是：诗不至于反动，但嘲讽之意显见，而他肯定也在落款处留下了大名。

说不反动，其实南宋朝廷看到也会老大的不高兴，假如写在清朝，林升肯定会被请去"喝茶"，够他喝一壶的了。

山外青山楼外楼，西湖歌舞几时休？

——青山绵延楼阁多多，湖面船上的歌舞几时停休？

前半句：临安城好美啊，青山重重叠叠，朱楼重重叠叠，自然之物和人事之工重叠，形成双重的美。山川楼阁的美好和高大，表现的是乐景。

月夜惊鹭　蒋跃绘

一幕舞台剧，"导演"抛弃多余的道具，布景精简到极致，变得只有山和楼，两者都是象征性的，衬着前面表演的人物。诗歌失去具体限制，变得一切都为主旨服务。

短短七个字，此间表现出的汉语之美，层次之繁复，意境之含蓄，让人心中生出大美于前令人舒适的敬畏。

后半句：大好河山被金人占有，有什么心情歌舞升平啊。美景美人，美歌美舞，无不消磨意志，诱使沉沦，什么时候才是个终了，真是急死人啦！

作者以问句写叹句，以乐境写忧境，反手有力。

就这样，"导演"在盛大的水面上铺开一幕剧，以天空、青山、楼台几大块为布景，前置的歌舞为剧目，拆解空间的约束，切断对环境的依赖，让舞台不需要的枝节纷纷退后，使故事直击本质。

诗人依稀感到：这一切美轮美奂皆虚幻无望，如同海市蜃楼。

暖风熏得游人醉，直把杭州作汴州。

——暖风把人吹得醉醺醺的，将杭州当成了汴州。

暖风吹拂着，掠过那些人的身体，加上盛装歌舞，灯光效果，一切如同美酒，熏人欲醉，忘了国仇家恨，忘了百姓受苦，忘了身处何方，还以为活在从前的日子里，活在从前的都城汴京里，熟悉的一切都没变样啊。

诗里的"游人"不是游人，是南宋统治者。就像前面的"歌舞"不是歌舞，是商女，"商女不知亡国恨，隔江犹唱后庭花"；湖上的波纹也不是波纹，而是江山发愁所起的皱纹。

"熏"，暗示了歌舞气势的庞大与热闹，为"游人"搭起沉沦的幔帐。接着，一个睁不开眼的"醉"字，承接上一个温吞吞的"熏"字，"游人"在"西湖"边真相毕露——一副蜉蝣的生命状态。

暗暗的对比叫人心惊。

蜉蝣这种喜欢贴着水面飞行的生物，有着小小的软身子，在夜色里惶恐，在喧嚣里寂寞，在五光十色的倒影里飞舞，在浩渺宇宙里活过短不过一天的一生。

而杭州是杭州，汴州是汴州，南北不同，环境不同，气候风物、人员构成……本泾渭分明，可谁能叫醒一个装睡的人呢？就愿意模糊掉一切不同，忘记破碎的半壁江山，以及身外叫人不爽的一切，就愿意将行脚当成故都，得过且过佯装盛世，还妄图博得美名照汗青，就愿意颠倒黑白，你能拿它怎么办呢？

当一种势力大到无穷，他者无法与之抗衡，掌握这种势力的人，他的一切失误、错误成为习惯，他的横行无忌被看成理所当然，直到他者也开始慢慢迷茫跟随，忘记了审视、判断和批判，都是极度危险的事，也是大悲怆之事。就像看着一艘大船，上面灯火辉煌，衣香鬓影，舱底却裂缝漏水，船身渐渐沉没，而你在岸上，无能为力。此刻，这种大悲怆的感觉或许不会让人大声呼喊，心悲苦到面容毫无表情，沉默无声。

跟随的他者，有时狐假虎威，有时助纣为虐，沉没也算活该。

然而，跟随的他者是绝大多数，他们有的智识超群，有的无智，不一而足，却有个共同的特点：不辨是非，盲目跟从……他们也许并不坏，或并不顶坏，只是无脑或自私而已。

可是，船沉没了，船上有罪的势力沉没，无罪而有咎的他者也一同沉没。势力和他者之外，无罪而无咎的一群，也一同沉没。这才是最让人心疼的。

接下来会怎么样呢？能怎么办呢？一切都明了如在眼前，一切都糜弱不可把握。

势力的强大，他者的愚钝或不愚钝的跟随，清醒知道即将沉没的无力感，集体无意识的狂欢，都比这艘船的沉没更叫人悲怆。

童话大师安徒生有篇《皇帝的新装》，里面有个孩子，面对赤裸游行而洋洋自得的皇帝，失口喊出："他什么也没穿呀！"

林升失口喊出了《题临安邸》。

三

人一旦站在历史的高度反观一切，就能获得理性，超脱于事物本身。远在南宋的林升选择哲学家视角，总结提炼，悲悯俯视，看"雁阵"零落，"蜉蝣"偷生，冷静阐述，诗歌才有了力量。

本诗有着纪录片式的结构，纪录片式的自然、公允，以及对大局的控制。前面青山楼台，镜头的虚，以及中间西湖歌舞的实，最后暖风中游人的特写，和杭州、汴州的闪回，都让句子有了嚼头；而人性之恶、统治阶级之腐朽，于无声处扼人咽喉。所以虽则语意克制，不露感情，读来却感觉沉重。

这样一个爱国忧民的人，让人无由想到陆游。他们是同类人，陆游也仅比林升小两岁。如相识，或许他们会结拜为兄弟。

陆　游：布衣难掩家国梦 夜雨乱敲赤子心
——慢读《临安春雨初霁》

临安春雨初霁
〔南宋〕陆游

世味年来薄似纱，谁令骑马客京华。
小楼一夜听春雨，深巷明朝卖杏花。
矮纸斜行闲作草，晴窗细乳戏分茶。
素衣莫起风尘叹，犹及清明可到家。

一

北宋宣和七年（1125）年初，金进攻北宋。岁尾，陆游出生。

这一年是纠结痛苦的衔接点，注定了长大后的陆游是豪放派大诗人，心理上却是大将军；他是屈原、谢安、贾谊、马援、刘琨，更是廉颇、李广、祖逖、孙权和诸葛亮。

同辛弃疾一样，他也终生主张北伐，遭际大致相同：入仕，遭弃，归田。诗风和情绪的转换也大致如此：从有些藻饰，激情飞扬，到厚朴平实，沉郁奔放，再到趋于家常，恬淡冲和，和人生轨迹是相符的。

当然，在最后，也没能真的恬淡冲和。

南宋嘉定三年（1210），陆游85岁。他白发凌乱，贫苦不堪，招呼孩子围坐过来，叮嘱："等到我们收复国土之时，别忘了来坟上告诉我一声啊！"然后，憾而辞世。

谁能不死呢？死是这世间最大、最不可把握的悲凉。哪怕是个孩子，一想起自己将来定死无疑也会茫然。他却一心想着死："报国欲死无战场。"

谁的一生都是求全得缺的宿命史，憾恨这么强烈的不多。

湖光山色　蒋跃绘

他的沙场点兵，似乎只有一眨眼的工夫，却终生都在整装待发——大散关一带（今属陕西宝鸡市）的军旅生活，是陆游一生中唯一的一次亲临前线，力图实现爱国之志的军事实践，这段生活虽不足八个月，却给他留下了最深刻的记忆。

二

他的柔情也非常著名。

虽说柔情，但也将前任唐婉害得不轻——两人本是表兄妹，青梅竹马，待娶进门来，婆婆却不喜欢。至孝就是愚孝，陆游忍痛休妻。唐婉后来改嫁以前的追求者赵世诚，过得也不错。可十年后，有一天，也已另娶的陆游与她重逢在沈园，诗人提笔题壁《钗头凤》。唐婉痛彻，回去后和了同题词作，香消玉殒。转身就是一世。

白发老翁的陆游再来沈园，题《沈园二首》，哀哀不绝。

分手了，就别来找我，也别写诗。柔情替换成无情，或许才是最好的处理方式。如此，唐婉不一定会死，这份"已失去"也不会折磨陆游一辈子。

他是中国诗歌史上传诗最多的作家，什么都可以纳入笔下三寸之地。就连遗书也写成诗，字字埋着深痛。

辗转在那个时代里，空有纵横天下的文韬武略，一身抱负，无法施展，而江湖风雨，两鬓渐白。报国的壮志就这样一点点被蚕食，消失在愤懑之中，只在中夜月明的时候，轻抚吴钩，听它啸鸣。

三

淳熙十三年（1186）春天，陆游奉诏入京，住在西湖边上的客栈里，等候宣召。

前番有个举荐制度，可以进入幕府，属军人序列，没编制。对于屡屡遭贬的陆游来说，管他正式工还是临时工，能抗金就行。

于是，年近五旬的他接受正于川陕一带任职的朋友王炎的邀请，投身军旅，总算得偿所愿，去大散关，过了一把军人瘾。陆游写过太多梦，大都梦到此地：有望收复失地的最前线。短暂的军人生涯，他记挂怀念了一生，梦了一生。

然而第二年幕府解散，他又被晾了起来。

面对一个杰出的人，什么鬼都出来了，迫害进一步加剧，不久，就被冠以"嘲咏风月"的罪名削职为民。

直到宁宗当政，欣赏他的才干，陆游被召回临安，等待入职。

一腔愁绪，十年离索，百无聊赖，千般纠结中，只能写诗自娱：

古风不再人情薄，是谁让我乘马到京城为客染繁华？

住在小楼听一夜雨，明朝小巷应该会有人叫卖杏花。

铺开小纸斜写着草书，在小雨初晴的窗边试品清茶。

杭州孩儿巷的陆游纪念馆

休叹息尘土弄脏白衫,清明还来得及回到山阴老家。

他的不语之语如此隐忍:

这是国家的多事之秋啊,北方沦陷,我却在江南安乐窝里闲呆。无意义的等待,不合心的太平职,都在消耗着壮志……一个年逾花甲的老头子,还有多少健康可供消耗呢?

四

其实,这次复职也不过三年,65岁的他再被罢官,在老家村居,二十年后去世。

长河奔流,夕阳照眼。时刻心系国家命运,几乎终生没被真正起用。这是怎样的一种悲哀?

如果画一个坐标轴，可以看到：陆游的整个生命都以杭州为中心兜兜转转——空间最远到过与杭州直线距离 1500 多公里的前线阵地——大散关，却是距离梦想最近的地方；时间最长呆在与杭州一箭之遥的越州江阴小村庄——最后的 20 年，却是距离梦想最远的地方。

心电图一样峰谷错落，折去，折回，明灭跳跃，到拉平为一条直线，那颗滚烫的心从来没有冷却过。

杨万里：万里歌吹香弗散
　　　　千年烛照花未眠
——慢读《晓出净慈寺送林子方》（其二）

晓出净慈寺送林子方（其二）
〔南宋〕杨万里

毕竟西湖六月中，风光不与四时同。
接天莲叶无穷碧，映日荷花别样红。

一

如果说因为一首诗，西湖成为苏轼的西湖，那么，西湖的荷花也因为一个人的沉吟，而成为了他的荷花。

这个人就是杨万里。

体操里有"托马斯全旋"之类，一个动作用创立者的名字命名，代表的是无上荣耀。而以其尊称命名的"诚斋体"被看成宋诗翘楚。

时间大浪淘沙，将杨万里留了下来，全因他的生花妙笔。

曾经年少爱追梦，一心只想往前飞，离开家，他走得很久很远。绍兴二十一年（1151），江西小子杨万里背着行囊，不远千里，用了一个多月的时间，挪到了临安府。

那时，宋金签订《绍兴和议》已过了整整十年。

虽说还没有定都在此，朝廷的豪气早就消失无影，一心想着在这里苟安。于是，盖房子置地，大有乐不思蜀之意。一些百姓也纷纷来到天子脚下，寻找安全感。

杨万里正是随着这股人潮，误打误撞，闯进了晋阶的大门。

这一年的科考，他答题答得不太顺利。可并不气馁——还可以再战嘛，谁的成功是一蹴而就呢？

三年后，27岁的他仍布衣芒鞋千里来投——临安不负，西湖有缘，这次幸运女神来到他的身边：中了！

二

科举之后，就是入仕，改换门庭，从底层跃升到阶级的顶端。

乾道六年（1170），他被任命为隆兴府奉新（今江西宜春）知县。

这是他第一次掌管一方，做父母官，其惊其喜都不必说了。唯一的遗憾就是父母不能看到自己终于出息了。望天长叹，他泪洒庭中。

西湖小雨　蒋跃绘

　　然而杨万里面对的,是前所未有的困局:奉新大旱,一眼望去,都是众生苦。

　　他在此虽只任职半年,却初步实践了自己的政治主张,为数量最多、最受苦的这个群体做了大好事。他一辈子奉行爱民思想,从没动摇过。

　　一个合理的社会是每个成员都受到最小压抑的社会,每个成员都最大限度地获得快乐、实现自我价值的社会。在封建社会普遍上层失信、中层失德、下层失望的大环境中,杨万里能做到这一步,不容易。

　　也许朝廷看出杨万里身上的书生气更多一些,较之诸事繁杂的地方官,单纯点儿的工作可能更适合他。

　　所以,他被调入京中履职。

他提醒光宗，要节财用、薄赋敛、结民心，痛陈国病，请他"一曰勤，二曰俭，三曰断，四曰亲君子，五曰奖直言……"不似进谏，倒像逼宫了。

对其他皇帝也是如此：一次他在朝堂指斥某人独断，太生气，忘了身份，直接惹恼了孝宗，说："万里，你把我看成个啥样的君主啊，包子啊（万里以朕为何如主）？"当即下令，打入基层。

如此不知变通，根本得不到大用，不贬他都对不住他。这是职场大忌，可也让人看清了他的刚直，而一直用他。

也有风雨摧残，然仁者之勇，为不怕死不爱钱，老也不改其志——他退休前的最后一道折子，是听说辛弃疾抗金大愿未成含恨而死，愤而禀奏，打算参倒主和的大员——听着就悲情，果然没参倒，自己还惹一身腥。

他视财富如敝屣。一次外埠任满，调任入京，俸禄存了万缗，竟全部弃之于官库，一文不取，潇洒而归。

除了鄙薄富贵，也许还知道自己的个性太正，被弹劾的可能性不小，所以，尽管京官做得好好的，却已备好盘缠，锁在箱子里，藏在卧室，随时准备回老家江西乡下。还嘱咐家人，不要置办家具什么的，以免走时累赘。

从不贪财，时刻准备着去官离职，较之日日蝇营狗苟于升官发财者何如？

三

临安安适，游兴勃发。西湖是第一理想景点。

同诗歌前辈们一样,他常常到西湖边散步,看她的春秋、阴晴,她的冬夏、朝暮。

那日清晨,送堪称知己的下属去福州任职,也在湖边净慈寺中,一边饱览风光,一边叙些衷肠。

此时正值荷花盛开,莲叶田田,设宴送别,饮酒写诗,恰是应景——红香绿玉诗千瀑,水远山高酒一湖。

在古文人心里,莲高洁不群,适合自喻,佛家则向来将莲看得庄重,偈语"一花一世界"即如是所证。而莲瓣作佛座,莲蕊托仙体,总令人起敬。

杨万里却将"莲"易字为"荷",一字之差,一念之转,气质便截然相反,从清幽变为热烈——那样的一幕,他已见过多遍,然而仍又一次被她的美惊艳到:

毕竟西湖六月中,风光不与四时同。

——到底是西湖啊!到底是西湖的六月!西湖的六月与其他季节不一样。

荷风铺满水面,生长起遍地神奇:

早在初夏,绿意紧贴湖水的肌肤,矮生在那里,蜷曲着身子,绷着劲发力,将整面湖拔高了几毫米。如此这般他们日有寸进,无时无刻不在成长,似乎可以听到养分在他们体内山溪似的,哗哗流淌。

也就是一夜间的事,他们突然雄壮起来:头面阔大,身躯挺拔,像一棵棵水里的小树,临风而立,墨绿色的荷尔蒙"啪啦啦"响动,四散飞腾。

绿色将夏天彻底攻陷。

不久，粉色亭亭，慢慢踱来：她们才绽开尖尖角，如同颗颗喜悦的心，铺张开来，倒扣过来整个飞满朝霞的天空，生发起甜津津的气息，引得蜻蜓、蜜蜂"嗡嗡嘤嘤"，爬到她们的心房里去唱歌。

这个世界真的不可思议：水下淤泥里，居然长出这么洁净的花朵！她们像是自带滤镜，将污浊一概筛去，只剩了最新鲜、最好看的色彩，组成最温柔、最天真的模样。那对称的几何图形，是怎样形成的？还有叶子，是怎样做到雨滴落上面而不湿，咕噜噜滑落下去？它们绿得多么清澈、有力，连空气也染成绿色，小鸟的叫声也染成绿色。这是一个很大很大的奇迹，是世界在我们睡着的时候，没有与其相处的秘密时光中，隐藏非凡的细节，悄悄变出的、与其他时间段完全不同的另一番美丽。

更神奇的是：这个奇迹，它每年都会重来一次，让人一次次，猜不透它的智慧。

望着这个奇迹，心里也会没有渣滓，只蓄满热爱和欢喜。从而对无数个日子里的一日，也不轻慢。

接天莲叶无穷碧，映日荷花别样红。

——莲叶密集，与碧空接在一起，绿得无边无际；荷花映日，太阳红加上花朵红，形成一种特异的红。

到得一个时候，就是这潺热四散的六月（约公历七月）啊，地球轻轻转动，转至夏天这一面，放在眼前，让人细细观赏——快点看啊，马上就要转过去了：日出东方，还未开始巡视，光照明亮且长，如蜜流淌，而莲叶清气四溢，荷花美目漾漾，圆叶片圆花朵，都大大的、亮亮的，参差相间，红绿交织，使绿更绿，红更红，香更香——他们齐齐在晚风中摇动，如神来神往，如全部的美好相加。

大美当前，整个西湖就是一个扩大了的曲院风荷，整个杭州就是一个扩大了的天堂！

大红大绿，大俗大雅，杨万里的一幅"手持全景摄影"，将夏西湖的灵魂直摄出来。是这些好的事物，片刻的颤动，叠加的亮光，让人动用了大气力。是值得的。

于　谦：旷世清白不染色
　　　　桑梓泥土尚余香
　　　　——慢读《夏日忆西湖》

夏日忆西湖
〔明〕于谦

涌金门外柳如烟，西子湖头水拍天。
玉腕罗裙双荡桨，鸳鸯飞近采莲船。

一

在杭州，参观于谦故居时，谁都不会想到：堂堂兵部尚书的家竟如此狭小简陋——不是简朴，就是简陋。

于谦被害后，特务被派去抄他家，最终竟忍不住痛哭，因为要什么没什么，家底连普通百姓都不如——只有正屋被珍重上锁，打开一看，只是皇帝赐给的蟒袍、宝剑等几件物品，不具金钱价值，仅有"奖章"自我激励的功用。

大约17岁那年，于谦写了一首诗，名曰《石灰吟》："千锤万凿出深山，烈火焚烧若等闲。粉骨碎身全不怕，要留清白在人间。"

这几乎就是在写赴死啊，同"好死不如赖活着"的处世哲学多么格格不入。

世间忙生忙活——生下来活下去不是件容易事。有多少中年人被打磨得四平八稳，没了一点理想，自我利益就是中心；又有多少官宦，人到中年，临近退休，忽然明白了权势的易失，于是拼命捞取，才有了所谓的"58岁现象"。可于谦这个人，从17到60岁，都清白如许，也坎坷万千，像他赞美过的石灰一样。

二

除却清廉，于谦对他的朝代的确立下赫赫战功——

"土木堡之变"似刀，将明朝切成两截。

似乎历史早就为这次变故设计好了结局：只要放弃北京，迁都南京，弃车保帅，丢掉半壁江山，像南宋那样蜗居某处，仍可苟安。

当时很多官员打包好行李，随时准备逃跑。朝会上，徐有贞提议南迁，群臣默认。

孰料响起一声怒吼："建议南迁之人，该杀！"

怒吼的发出者，是刚投笔从戎的书生——正在兵部任职副手的于谦。

在精锐尽失的绝境下，文臣于谦扛起重担，硬是凭着七拼八凑的军队，激战三天三夜，将士气正旺的瓦剌铁骑顶了回去。

然而英雄结局总是相似：是龙你就盘着，是虎你就卧着，是至善者你就去死。

景泰八年（1457），代宗病重，徐有贞牵头发动"夺门之变"，英宗复辟上位。曾在朝堂上被于谦怒斥的他成功复仇：以意欲谋反之名，加罪于谦。

其"意欲"之恶，堪比当年"莫须有"。

同年冬天，于谦被押往崇文门外斩首。据说，因钦其刚直，刽子手竟自杀陪葬，而天雷滚滚，也为之哭泣。

仅仅八年后，北京保卫战城墙上的鲜血还依稀可辨，拼上一死保卫它的英雄却已长眠地下。

青天湛湛透，白云静静流。也同岳飞的后来一样，被害八年后，于谦被平反。

史上许多人都曾被平反，然而从来都是到此结束，没有道歉。平反不是道歉，也替代不了道歉。

人生来就面临了死亡，毫无主动权，谁也没经验，因此死亡才让人又怕又疑猜。因为有了于谦这类大英雄，我们更愿意相信，死亡或许只是一场长长的旅行，肉消失，灵远走，精神不灭。一声道歉，他们能听见。

三

有谁不爱自己的家乡呢？无情未必真豪杰。而常常是：豪杰较之常人更加热爱家乡。一想到她呀，就感到快乐；一回到那里，心也变回柔软新鲜。

文心锦绣照湖山 HANG ZHOU

于谦祠"丹心托月"牌坊　韩盛摄

于谦连年在外征战,其实和家乡厮守的时间是不多的。但谁又能就此忘了家乡呢?也许唯其如此,对家乡的热爱才更加温柔。

看于谦笔下的西湖和杭州,温柔得滴下水来,读来如抿麻酥糖,久化而久不化,简直可当作《白娘子传奇》的主题曲,来为那段奇美的爱情作证,轻声唱出来了:"西湖美景三月天哪,春雨如酒柳如烟哪……"

对,特别眼熟,也许,歌词作者曾受到这些句子的启发:

"涌金门外柳如烟,西子湖头水拍天……"写西湖,写西湖美景和西湖爱情,怎能绕得过西子湖畔长大的于忠肃公呢?

五代时期,多情君王钱镠围绕城建做的事情也浪漫有情:他引湖水入城,筑涌金池,开涌金门,遍植杨柳,造风月无边。

涌金门,西湖绝佳处之一,游览通道的端口。一进了这个门,望向湖面,会看到:全世界的宝石都在这里闪耀。

杭州人将十座城门编成大调,涌金门是其中所述最美、最不食人间烟火的一个。相传白娘子就住在涌金门外,她和许仙邂逅于此,开启了一段天地同悲的爱情。

涌金门外柳如烟,西子湖头水拍天。

——涌金门外,杨柳依依,笼着轻烟,西湖的水,水拍着天。

除了柳，其实还有水杉率真良善，也都笼着轻烟。而草暗湖明，深碧浅碧，大块着色，浑然一体而丰饶，看上去既壮观，又秀丽，让人觉得亲切美好。

玉腕罗裙双荡桨，鸳鸯飞近采莲船。

——看那小船上，采莲的女子穿着漂亮的衣裳，雪白的手腕划着船桨，而鸳鸯似乎也被吸引，翩翩飞来，时而饮食，自歌自舞，时而绕船戏水，欢乐流连。

聚焦湖面，更添了动感。

既然采莲，作者没有写出的叶和花，它们的无穷碧和映日红，也都在，湖水尽头的天空和山峦也都在。可以想见，蓝天，碧水，绿树，青山，碧水中的绿叶红花，以及红花样的女子，女子的笑靥，五彩斑斓的鸳鸯，鸳鸯的活泼……交织成多么明艳的美景，人与万物相谐和，一派安宁，典雅得如同帝王花笺。

这景象即当下，即一切最美最好的物事。

没有不好，就应算好；又且这样简单，实在是好。

而所有的好都成为过去式之后，也只有思念可以做。

西湖是感光器，拍摄保留了惊艳的一瞬，把这好感觉储在游子心，代表故乡，随他走四方。

一个内心装有故乡的人是富足的，他分享万物细节，体验过程的诗意。一枚枚往日镜像凝结了阳光雨露，也

于谦祠　杭州市园文局供图

　　凝结了众多目光，在脑海中不断反刍，将这一切的一瞬叠加出更胜于本物的好，由虚无中呱呱坠地，成画成诗。

　　走进西湖，如同走进这组绝句，仄仄平平平仄仄，扶诗问水故乡行。

　　人类的声线真是种奇妙的东西，在某种组合之下，竟能接近天堂。而在这种声音里，歌者与听者的血脉里均弥漫开一种情绪——这种情绪就叫幸福。

这是于谦的西湖，于谦的杭州，一座小院、一座墓，带着他的歌咏，他的体温，代表他身体的一部分，伏在她的脚边，千年万年下去，永不离开了。

四

于谦与他景仰的前辈岳飞，皆忠勇清廉，正直仁义，厚朴温柔，文武兼备。人性美好的部分，他们占了绝大多数，自律得近乎神。他们所在的那个世界配不上他们。

又过了近二百年，明末的张煌言踏着他的足迹，跟上来。

世间人事多循环。岳、于、张，后来都葬在了西湖边，从此，栖霞岭下岳武穆，三台山下于忠肃，南屏山下张苍水，三杰聚齐，共守西湖水。

张煌言：坐看流川吞日月
　　　　起听大风送尘埃
——慢读《甲辰八月辞故里》

甲辰八月辞故里
〔明〕张煌言

国亡家破欲何之？西子湖头有我师。
日月双悬于氏墓，乾坤半壁岳家祠。
惭将赤手分三席，敢为丹心借一枝。
他日素车东浙路，怒涛岂必属鸱夷。

一

西湖南屏山荔枝峰下，有个非热门景点，一座孤坟，似病牛卧残阳。周围人声稀，树木稠。

又一位在杭州英勇就义、埋骨西湖的大英雄，张煌言安息在这里，环境的清冷如同他抗击外敌的寂寞。

其实，再寥落也不掩其光芒。忠魂有幸西湖慰，西湖有幸慰忠魂。两两有彼此，已足够满意，何须熙攘打扰呢？英雄是寂寞的，时人是健忘的。

历史不健忘就行。它会将值得记住的人一个不落，记录在册。

他苦守故国的十九年，是禅定般面壁图破壁的坚强岁月；他的一曲"大风歌"，较之先秦刺客的"壮士一去兮不复还"还要悲壮雄奇得多。

清军入关，轻易攻陷江南大片土地，都因明朝官员或弃城遁逃，或密谋降清。独张煌言在宁波拥当地父母官起事，拉起义军，与清军抗衡。

南明永历八年、清顺治十一年（1654），张煌言率部趁清军兵虚之际北伐，攻城略地，直捣南京。之后却因无人应援，败至江西。

清廷使出千般手段，就是消灭不了他——其实他也元气大伤，起事之初的军队几乎打光，只好迂回潜行两千里，山行复水行，回到浙东，其间他还身染疟疾，步履难行，真是九死一生。

所有人都以为他已死，可这个清廷眼里的"死人"仍不知惜命，还没缓过来，就收集旧部，左一记右一记，为清廷喂食耳光——虽不十分响亮，却一定给敌人点颜色看看。

让他们难以想象的是，在大势已去、盲眼也看到结局的形势下，一介弱质文人竟如此不驯：队伍没吃没喝，打仗之余抽空种地，勉强果腹，军服都是五颜六色，破破烂烂，整个一杂牌军，却还在四处腾挪打游击。

"张煌言于浙东沿海某镇袭击守军""张煌言率匪夜袭某地粮库""张煌言伏击了商船队"……东部沿海不

断流布有关他的新闻，小报一样贴满人嘴，很快，"张煌言"这三个字同岳、于前辈一起，在民间成了没有围墙的寺院，万众膜拜。

前朝孤臣活着一天，就意味着前朝的火种不灭。这种象征意义，让统治者恐慌，因此，清代加强禁海令，坚壁清野。

二

康熙二年（1663），张煌言携数人，驾一叶扁舟，登上海岛，盖起茅屋，蜗角隐居。

小岛如衣，将他短暂拥抱，而这个仅数平方公里的荒寒小岛也温暖了整个王朝——它成了有明一代仅存的"疆土"。

多年征战在外，父亲死时得不到安葬，弟弟张嘉言不幸牺牲，妻子、儿女被清廷俘虏，当作人质……

就算这样，又能怎样？孤悬海上，孤军奋战，孤胆张煌言抵死不降。

康熙三年（1664）七月二十日黎明时分，在晨暮的掩护、叛徒的引领下，清军靠近悬山岛，捉住了他。

于强者，弱者有着传统的对付方式：要么歼灭，要么拉下水。

接下来，一场康熙导演，张煌言亲故、同乡联合主演的劝降大戏开幕了——那群留起辫子的人对之展开车轮战式的劝降。

参战者众，敌人只是自己。

如果愿意，一切都可以被重置，颠覆过往，乐享天年；不投降，只有一死。

活着，还是死去？要么全部要么全不。

张煌言选择了死——他辞别数千名送行的家乡父老，在从宁波押往杭州的途中，在囚车里，回望一生，他感慨万千，挥毫写下诗两首，慷慨意气，掷地有声。

他不为己而悲，只顾念着终生秉持的信仰。

具信仰者，内心必定强大，视一路风雨为壮行的锣鼓。而行走在信仰中的人，终会成为信仰本身。

崇拜是一种向上的情感。张煌言终于成为他崇拜的人，与岳飞、于谦一起，被后世尊为"西湖三杰"，与白居易、苏轼、林逋组成的"西湖三贤"相映生辉。

或许，于"三杰"的时代而言，他们的坚持不过杯水车薪，最终管不了什么用，然而明知不可为而为之，更是英雄所为。

三

某种意义上说，这是一段遗言。因为押解进京的目的和结果，都是杀头。

因此，自然而然，他想到了湖畔长眠的岳飞和于谦。

国亡家破欲何之？西子湖头有我师。

第一章 诗

张苍水墓　周兔英摄

——国亡了，家破了，我还能到哪里去？杭州西湖边上有我的老师。

西湖成了残山剩水，自己将被斩首，能与先师为伴，是苍水莫大的光荣啊！

雄强大言，英雄胸襟，一心赴死，并甘之如饴。

日月双悬于氏墓，乾坤半壁岳家祠。

——于谦生前捍明，名字多么灿烂，可与日月同辉，岳飞以一己之力，支撑起南宋半壁江山。

漠漠人群，人总是凭气息相认。岳、于为镜，诗人发现自我灵魂，想同样留取丹心照汗青。

张苍水像
周兔英摄

惭将赤手分三席，敢为丹心借一枝。

——惭愧啊，我虽披肝沥胆，惜抗清复明大业未成，赤手空拳，没有任何功绩值得夸耀，凭借一颗赤诚之心，想在西子湖畔一角有处小小的安息之所。

天下湖山万万千，西湖非常奇怪的魅力在于：美人喜欢生活和安息在这里，英雄也是。那种又清越又雄浑的气场，与美人、英雄相互作用，增益彼此，历万代而不减。

西湖似神，古老而年轻，她掩泪埋骨，吞吐生死，世代沿袭，却仿佛不曾发生任何血腥的过程。这种风雨不动的安详，是西湖乃至杭州独有的神奇。

他日素车东浙路，怒涛岂必属鸱夷。

——以后会不会有那么一天？来浙东的路上，素车白马飞驰，来为我送葬，东海汹涌，钱塘呼啸，那将是我心不死，正如伍子胥的忠魂幻为烟波。

从抱定必死决心、选择安魂之所，到遐想死后肉身无形，魂魄聚合，显现的是洁白的精神。

这洁白精神有釉质的明亮，也有瓷器长久的生命，经得起旷野的粗蛮埋葬。它的出处没有确切时间，也无关乎年代，仿佛已逝，然总有余温，没个了结。

英雄在发下第一声誓言时，已将退路全部切断。那誓言，在岳鹏举，是"尽忠报国"，在于少保，是"要留清白在人间"，在张苍水，则是"做人要做这样的人"。

此诗诚挚，堪比情书。

技法上，全诗使用逆挽法，先写眼前，后表先事，再回到眼前，而后又是遐想，实一虚一实一虚，文势却从头一直贯注到底，中间换了一口气，可以喘息。这种眼前事和心中事的巧妙衔接，效果可比国画"留白"，从律诗的起、承、转、合来看，也最有章法。

七律的水平高下，除了头尾，更体现在中间二联。

细品颔、颈二联："日月双悬于氏墓，乾坤半壁岳家祠。惭将赤手分三席，敢为丹心借一枝。"

一则前者为借义对，巧心别具：主谓结构的"日月双悬"暗指明代，"乾坤半壁"暗指南宋为大宋的一半江山。

两两皆赞美英雄为各自时代做出大贡献,字面意思却不失自然。

二则两联对仗极工,词性和平仄的对应上都毫无瑕疵,而不害意,真高手所为。学校教学可做典范讲解了。

四

入狱后的第四十八天,康熙三年(1664)九月初七日,张煌言赴杭州弼教坊受刑——面对屠刀,他只提出一个要求:正面,坐着。要知道千百年来,被砍头者都是背对,跪着。他的头颅掉下去,地平线却定格了他昂扬的姿态。

寒光闪处,一句"好山色!"是他留给杭州、留给人间最后的赞美。

袁　枚：边慕英烈边自洽
　　　半谋稻粱半屠龙
——慢读《临安怀古》

临安怀古
〔清〕袁枚

曾把江湖当敌攻，三千强弩水声中。
霸才越国追勾践，家法河西仿窦融。
宰树重重封锦绣，宫花缓缓送春风。
谁知苦创东周局，留与平王避犬戎。

一

要说古来大聪明人，袁枚算是其中之一。

说他聪明，是因为他做什么，什么都成。读书写作，没成个书呆子，经商，也没变得油腻讨嫌。

袁枚是杭州人，一生当了七年官，天性散漫，却官身不自主，暗暗谋划，想为之后的生计做准备，所以，乾隆十四年（1749），于小仓山下购得一处宅院，虽说破败得不得了，一院子烂树，春天连花都不开，可好处是能砍价啊，市价两千多金，最后买下来，只花了三百，性价比超高。

买房同年，34岁的袁枚辞职回家，孝养母亲，最初开堂授课，以继三餐。随后改宅名为随园，仿西湖做了部分增补，本无院墙，也不建，使自家成了景点，在门联上写道："放鹤去寻三岛客，任人来看四时花。"等于一句导游词：回归自然，欢迎参观。

一处园林，虫鸟自由呼吸，草木撒泼生长，女贞没被大剪刀弄成圆球，石头也没遵从"瘦皱露透"古典审美原则而打磨斧凿，老樟树随意睡去，紫藤萝"呼哧""呼哧"沿着春天一路爬上天……它们不再是园主的私藏，而只是自然的过程，脱离了实用的秩序，自在无碍。这本身就形成了朴素方正的美，无争无忧，清静自足。

在城市里开辟一片绿野，虽经修饰却貌似天然，这本身就带有传奇色彩。随园很快有了知名度，江南远近都知道了江宁袁家是个好去处，袁枚的名气也随之水涨船高。

他趁热打铁，写《随园食单》。这本将南北菜系一网打尽的"菜谱"很快脱销。

知识变现一旦成功，回报丰厚，西汉司马相如卖《长门赋》得黄金百斤，抵当代百万之巨，袁枚卖文的灵感超越前辈，也属高润笔。

造势，盈利，卷钱走人，袁枚的赚钱方式简单粗暴，却最见效果。

不但如此，其他衍生经济也不断被他开发出来：每有客至，他都要叫人将餐桌摆到一些亭榭，看得见花花草草，还看得见戏班歌舞——戏台是自家搭的，戏班是自家养的，戏文是自己写的，常兼编、导、演于一身……算实体经济的一种了，成本还低。

这是一笔不错的生意。

二

袁枚爱玩，却遵循"父母在，不远游"的信条，直到 67 岁服丧完毕，才开始旅行。

他将有点名气的山都看遍了，77 岁还二游天台山，79 岁三游天台山，80 岁辗转吴越间，即使到了 81 岁，还遍览吴江。要知道，旧时交通不便，以这么大的年纪，如此频繁、长时间的出游，还总是爬山，是玩儿命啊，身体也真棒。

除了张岱等，袁枚也曾被人怀疑是《红楼梦》的真正作者。中国人一听都笑了——怎么可能？袁枚太轻，怎堪承"红楼"之重？张岱其实也不够吨位，而他们所擅之"轻"也自有高妙，明清小品本就简净，不与传奇同。

然而，妹妹的去世还是给他带来了痛感。于人生至痛，他不怎么说出来，只用了短短一篇《祭妹文》，便都道尽。

就像世间的每一个，也曾人前风光，也曾奔走如丧，哪有个定数？

世界荒诞又无常，就以天真待之好了。他找乐子，活得快活，同春秋时期那个范蠡一样，对世事看得通透，何时的选择都最有利于自己，且能力卓越，财富散尽又来，散尽又来，易如探囊取物。

袁枚生无大愿，胸无大志，唯愿日子欢腾，温暖。有个大优点：知止。因此他为官功成而不居，经商财聚而不守，平生大梦却都实现了，自由富贵平安长寿，可谓人生大赢家。

他没有错。谁说文人就应该受穷呢？文人受穷是时代的悲哀。今人常说教师安贫乐道，隐含的前提是"即使"，不是说人家活该贫穷。如果说钱多有钱多的烦恼，请把这个烦恼给我们的老师吧。

虽檀板金樽，耽于声色之好，他却做不到只唱什么后庭花。"赖有岳于双少保，人间始觉重西湖。"看他说的西湖壮美，即知他没忘亡国恨。

一首《谒岳王墓》，他铜琶铁板，敲得慷慨激昂。

人才是风景的灵魂。

岳飞像　姚建心摄

三

这首七律有收敛笑容的严肃与真诚。他平素的嬉笑不是装的,此时的端肃也不是装的,说到底,人有多面,黑白中间有个灰色地带,对人评价不可褒贬两极。

细品可抒下大把滋味。那是一种高浓度的叹息,一朵要下雨的云,沉甸甸,低低悬浮。

真正好的诗和艺术就是阿基米德那个位置正好的点,从中可以得到无数个世界。

他说正事:

曾把江潮当敌功,三千强弩水声中。

——往事依稀,吴越王钱镠曾把钱塘江潮当作敌手,搭弓上箭,射向潮头。箭镞密集,响声震天,压下了咆哮的潮水,场面洋洋大观,观者欢声雷动。

霸才越国追勾践,家法河西仿窦融。

——吴越国第一代君王钱镠有雄才大略,可追春秋时的越王勾践;子孙继承家业归附宋朝,这事迹又和东汉的窦融相似。

宰树重重封锦绣,宫花缓缓送春风。

——西湖边上的钱王祠如今不知何处去,只剩树木苍翠繁茂,一如当初环绕房屋,鲜花也照样在春风里开放,不知人事更迭。

这景象真是沧海桑田，让人低眉，叹无常明灭。

谁知苦创东周局，留与平王避犬戎。

——谁知东周苦苦创下的大好局面，只留给平王做了犬戎入侵的暂避之所。

咏史诗向来不好写，盖因细节缺乏，主干也被压缩——历史老得没个模样，又被谎言遮蔽，窃国者，卖国者，护国者，卑鄙小人，正大君子，伟人和侏儒……有时竟被颠倒了黑白。但时间有如明矾，久了，便能肃清一些东西。

四

一切历史都是当代史。当历史被盛入现实之杯，恍如复制粘贴，惊人一身冷汗。前朝不易，峥嵘岁月稠，几个王朝的兴亡如此相似而又有关联——可怜北宋苦心经营的大好河山，只是给南宋朝廷留下了一个苟安偷生的去处。

钱塘潮像时间一样广大和壮阔。它淘去英雄与懦夫，留下的是太息和讽咏——从来都不长一点志气，也不借鉴经验和教训，永远是后人哀后人。活该啊。

作者的哀叹犹在耳边。

秋 瑾：名士风流夸侠士
　　　英雄本色愧男儿
——慢读《对酒》

对酒
〔清〕秋瑾

不惜千金买宝刀，貂裘换酒也堪豪。
一腔热血勤珍重，洒去犹能化碧涛。

一

她和一般女孩不一样。

明明盼疯了一件事，想疯了一种愿望，但是，多数女孩都钉在原地，和自己孜孜不倦地较劲，失眠，自残，用各种借口击响那只退堂鼓："哎呀不行的，别人会骂我不道德的！""太难了，算了算了。"

摇头摆手中，一年年过去了，所梦想的那些事仍杳无踪影，所渴望的那些目标仍是海市蜃楼。

秋瑾虽年长当代人一百多岁，可她的前卫却一点不像个古人，不像个老奶奶。在闺中她就穿男装、戴鸭舌帽去戏院看戏,引得所有人看猴儿一样看她,自己却毫不为意。

她将自己名字中的"闺"字去掉,成了"秋瑾"。

二

秋瑾嫁得蛮好,生下一双儿女,和乐美满。

漫长的人类发展史上,尤其父权时代以后,女性就被排斥在政治外,不得参与社会生活,默认家庭才是女性本分。秋瑾不信这个邪,偏要参与,偏要革命。

目光决定视野,视野决定心胸。光绪三十年(1904),秋瑾去日本留学,结识了章太炎、徐锡麟等人,并参加了同盟会。

在当时,同盟会是非法组织,加入者都须做好被杀头的准备。

秋瑾静下来,和自己对话:假如真的死了,你后悔这样的选择吗?当初的决然离开,把生活简化为一件事:革命,真的有必要吗?人人苟活,貌似也不错,何必如此危险不定地生活?

那场内心的战役打到后来,决心战胜了对安稳的依赖,它强大无比,裹挟着她。

三

她生活的年代,日俄正争夺中国东北地区,在中国领土上开战。耻辱啊,清政府竟宣布中立,像个看热闹不嫌事大的闲人。

战争结束不久，秋瑾由日本返回祖国。

光绪三十三年（1907），秋瑾去绍兴接办大通学堂。以此为掩护，她和她的同志们联络了六千多人，组成光复军，准备起义。不幸叛徒告密，徐锡麟被迫提前起义，遭清军包围，被俘后壮烈牺牲。

她踏血前进，在可以选择中，选择了不选择——安坐静候，束手就擒。被捕后，受尽酷刑，被逼写革命者名单，可她只写下一个字："秋"，顿了顿，继续写下："秋雨秋风愁煞人。"

半句诀别诗，如一幅哥特式的画作，尖锐，冷冽。而固定画作的钉子，是那个字："愁"。

她为国家愁，为民族愁，愁疯了愁死了，直到真的死了——

那一刻，大地还没来得及从光明中冒起，7月15日凌晨4时许，秋瑾被杀害。

牺牲那年，她年仅32岁，眉目如画，青春大好，儿女还未及长大。

秋瑾就义三天后，执行者李钟岳对秋瑾之死日日悔恨，不能释怀。几次自杀未遂后，趁家人不备悬梁自缢，终年53岁。也是侠肝义胆。

四

看秋瑾的照片，一张脸山河浩荡。表面的美之外，另具腹有诗书气自华的华丽气度。细端详，更感亦雌亦雄，像《木兰辞》中的花木兰，富凛凛之美。

这首诗自剖心迹，也如木兰胸襟。

短短二十八个字，似澎湃的大海，灌给读者强大的语流——它从作者到读者，从心脏到心脏，形成大循环，活泼着躯体，蓬勃着生命。得承认，好的艺术作品摧人心肝，倘只是华美的表相，美则美矣，却不可共情。

不惜千金买宝刀，貂裘换酒也堪豪。

——不吝惜花很多钱买一把好刀，用貂皮大衣换酒喝也算是豪迈了。

一个女子能位列"辛亥三杰"，何等的男儿气概！她不爱明珠爱宝刀，舍得一身剐，势必要将数千年的封建统治拉下马。

只有单纯而勇敢的人，才会无视生活原本的设定，而亲手重置自己的生命。

一腔热血勤珍重，洒去犹能化碧涛。

——这一腔的热血我们要好好珍重，即便洒尽（为公理而死），热血也会（如同传说中周朝忠臣苌弘鲜血化碧一样）化成碧绿的波涛。

生命宝贵，明亮芬芳，她抛掉既有的一切，背叛自己的阶级，甘愿为广大的另一个阶级献祭。最后，到底赔上性命，英魂辗转，十次迁徙，才安息在自己生前选定的地方。那么刚烈的姑娘，竟和钱唐苏小小一样，喜爱山娇水软的西子湖。

水上春秋　蒋跃绘

一条金舌狂舞，万丈红尘滚滚。这诗可谓重口味，丰盛，热辣，异香扑鼻。它的浓烈甚至造成伤害，味蕾失灵，将他者比照为无味鸡肋。

字单个拿出来都很普通，可正因普通，才显得不普通，像刚开采出的矿石，保持着自由自在的状态，轻轻一摸，却会刮出血来。

因为她，西湖柔软里添了清刚。就算墓再被挪移百千次，西湖还是能一把搂回她。

人间善恶杂陈，五趣杂居。其间，秋瑾短暂划过的这条倔强生命，纪实发端，魔幻收官，中间活泼挥洒，真大气自然——她的生命就是她最出色的诗篇，有着强

秋瑾像　周兔英摄

烈的反光，似乎周身每个细胞都在讲着："我诅咒吃人的人！""爆发啊爆发！"……

这个姿态与鲁迅截然不同，而何其相似！

五

留学期间，秋瑾也同鲁迅成为朋友。只是斗争策略上有分歧——他觉得暗杀救不了中国，对秋瑾的牺牲，敬佩之余，表示不值。几处小说都写到了，暗示或明点。

诚然，民智不开，亟待启蒙。需要笔似刀，恢恢乎，将社会弊端剖开来，让世人看清真相，然后前赴后继，为新生活而战。

秋瑾的行为同样意在启蒙，只是这个方式更直接，更惨烈，是将自己摆上了手术台，以供解剖——是死啊，谁不爱惜自己的生命？谁不知道死了就不能复活？拿针刺一下指尖，婴儿也懂得缩手——这是非条件反射，生而有之，人体自我保护的本能反应。革命者也是血肉之躯，知痛知痒，知道活着真好。

一支大部队，需要这样的先锋军，以血开道。他们未必不知道作用不大，但就算白白牺牲，也好过引颈就戮。总要有人出头，做个样子给众人看：人，原应如此！

世界风起云涌，列强争利，从不因人将头缩进壳子而止息——那样的缩脖子其实就是引颈就戮。

清末，国不知有民，民不知有国，强大的腐蚀性同化了一切个体，人们钟表一样规矩，植物一样沉默，丝帛一样温顺，中国因此喑哑无声。

大火烧到了屋内，躺倒一地的人们还没醒来。需要炸雷！需要有人揪着耳朵拎起来，大声喊："快起来！快起来！救火！救你自己！……"

他们是鲁迅，也是秋瑾。他们血红坚硬，他们也洁白柔软。他们是战士，是一群活在明天的人。二者形成联动效应，为最黑暗时辰的中国送去了光明。

第二章

词

导　言

宋词是个大概的统称。之前之后都有写词的，少。

在其他的中国古诗歌中，我们能看到所有的人；在宋词里，我们却几乎只能看到一个人，他沉静，多思，轻愁，常喝点酒，爱某种花，为世间什么所伤……即便偶有不同，也只是这一个人的不同时刻。这张脸比其他种类诗歌里出现的同一张更真实也更贴近。

随着北宋潘阆、柳永、苏轼等人对杭州热情吟咏后，词的文体意识渐渐成熟。经历了南宋政治偏安、经济苏醒，文人依旧吃着北宋建立以来的"红利"，待遇还是不错。词作为日常生活的记载方式而迅速流布，相当于微博和朋友圈。

南宋词人以敏锐的触角感受着杭城的气息，他们除了游湖、赏花之外，还游寺、观潮、竞渡、集会、品茶、绘画、歌吟、怀人……忙得不轻，出现了许多优秀的摹景词人。他们赞美杭州和西湖，其中最活跃的当属张矩、周密、陈允平等。

宋词本生于闺房，形制轻妙，具有抒情倾向和浪漫气质，与女性特质相似。同男词人的拟女性创作相比，女词人的创作更为真切自然。特殊的时代造就了宋代女词人群体，如李清照、朱淑真、魏玩、张玉娘等，她们以惊人的才华建立起中国女性文学的高峰。

南宋末年，杭州词坛被沉郁的故国情怀笼罩着。此间的辛酸悲慨构成了此一时期词人的集体书写。

明清之下，杭州词人继承了传统，出现了一些创作圣手，如张岱、袁枚、龚自珍、黄任，以及"西泠十子"等，多有传世之作。

词在南宋也被叫成"诗余"。

杨公堤所见　蒋跃绘

两种解释：一、运用诗的清空雅正语言及风格。二、诗人之余事。

或许多数人想到的是后者。发明这个词组的人应该也是这个意思，略有轻视意。"诗言志，词言情"，就这么给限制了。然而历史不吃那一套，谁好就奖谁小红花。到现在，诗、词已成双雄，在本都很优秀的中国古代文学门类中特异地突出。

宋词美啊，词牌子也像宋词一样美。

宋词低回，读进去，每个人都会觉得像掏自己心窝。

白居易：少小走马行天下
　　　　老大牵心忆江南
——慢读《忆江南》（三首选二）

忆江南（三首选二）
〔唐〕白居易

其一

江南好，风景旧曾谙。日出江花红胜火，春来江水绿如蓝。能不忆江南？

其二

江南忆，最忆是杭州。山寺月中寻桂子，郡亭枕上看潮头。何日更重游？

一

少年白居易曾随父避乱江南，到过杭州，对杭州的印象非常好。后来河北一带发生兵乱，体制内朋党之争泛起，政局动荡不安，粗大的国家机器毫无表情，将百姓碾在磨盘上。

〔南宋〕梁楷《八高僧图卷》（局部）

彼时，他正读书读得口舌生疮头发全白，换来少年得志："大雁塔下题名处，十七人中最少年。"29岁的他，处于希望以才干扶起暮年王朝的豪壮时期。

面对时局，他喷吐出大量讽喻诗，如《轻肥》，以"意气骄满路，鞍马光照尘"起，用整整十四句描写内臣、将军们赴会，结句却猝然低吼："是岁江南旱，衢州人食人！"约等于讼词。

他多次上疏，然无一被纳。长庆二年（822），他被调任杭州刺史。这其实是一次降格的任命。

二

虽说杭州是他久已向往之地，然而一颗温柔天下的心怎么欢乐起来呢？

他说"且向钱塘湖上去，冷吟闲醉二三年"，原本想休闲，谁知钱塘湖堤筑成了，水闸建成了，堵塞多年的六井也疏通了……他做成了勤政清廉的好市长。

杭州历史上，出过两个非常有名的市长：白居易和苏东坡。都爱民如子，都筑过湖堤。

白居易筑的白公堤已无踪迹。无论如何，白堤是杭州百姓爱戴他的一个体现——是白居易为杭州大笔如椽写下的、最得意的杰作。

白居易把一面湖水留给了杭州，像撇下一个因嫁人而带不走了的女儿。

而一位诗人与一个城市和一面湖水的结缘，是他和我们都不能忘怀的。

那面湖尽管是他的一个伤口，却还是一面挺好的湖，如同被面，使一个城市一辈子都在度蜜月。

没有比西湖更熟悉他的湖了，也没有比他更熟悉西湖的诗人了。他为她出的心血，后人只能从史书上略知一二。

他离任时，下属和百姓拦路哭喊，随船送行十多里。

三

不管时空如何变幻，白居易的江南就在那里，定格不变了。后来者不是江南好的发现者，而是对白居易的江南的重返与想象。他曾目之所见的一切，都隐含了他往日足迹，后来者到他所提及的每一处，都惊喜微笑，默契不语，如同找到他藏在某处、打开美妙之门的钥匙。

在这里,他先提到了色彩。第一首给我们最直接刺激的,是色彩的盛宴。

江南好,风景旧曾谙。

——江南的风景多美好,风景久已熟悉。

离开好久,那风景清晰中透着模糊,模糊中又见清晰,将许多东西过滤掉,剩下的,就是精华了。曾经那么熟悉,那么好……这么想念。

首句初现怀念,如冷水泡茶,慢慢地才浓起来:

日出江花红胜火,春来江水绿如蓝。

——太阳从江面升起,把江边的鲜花照得比火红,碧绿的江水绿得胜过蓝草。

没什么过渡,诗人直接想到了江南最美的地方,最美的时刻,最美的景色。

诗人回忆的第一个景象:初升的太阳照着江花,花像火焰燃烧。像水粉画,色块既热烈又温柔。

阳光黄中晕红,光线倾泻,本就似火,而江花与阳光同属暖色,火红的太阳照耀大地,火红的江花在阳光的渲染下,红与暖的纯度都加深了,近乎紫红,色彩的调子更加跳脱,热烈,如江滩上落下一片火烧云。

这是最基本的色彩对比。黄与红互为一对补色,补色对比也就是:我们往往在看到黄的时候,会下意识地想去看到红色——红和绿也是如此道理。

"惜别白公"雕塑　周兔英摄

　　诗人回忆的第二个景象：江水勃发，如蓝草鲜绿，在春天里尤其美丽。

　　江花红，江水绿，相反相衬，于是红者更红，"红胜火"；绿者更绿，"绿如蓝"，给人以强烈对比、互为背景的视觉享受。

　　花密不透风，铺开成片，有"日出"点缀；水疏可走马，纵贯成条，有"春来"接应。

　　能不忆江南？

　　——怎能叫人不怀念江南？

西湖桥影　蒋跃绘

反问增强效果。

短短一首词，仅仅二十七个字，却运用到了静物、动者相映，冷暖、补色对比，面积对比协调等丰肥的手法，活画如真。

第二首《忆江南》，与前首语意似有承接，自然点出：

江南忆，最忆是杭州。

——江南的风景多美好，最怀念的是杭州。

杭州美，还是自己战斗过的地方，因此最忆。

生命无非回忆，最回忆，都在最好、最难处。

山寺月中寻桂子，郡亭枕上看潮头。

——仲秋游玩天竺寺，寻找桂子，登郡亭，卧赏钱塘江大潮。

杭州寺多僧多，寺多幽深，僧多能诗。工作之余，到山中，同僧人打禅论诗，在香雾似的桂花树下，一同赏月……如此，止浮静躁，随简从心，便是诗样栖居了。

现实中寻桂，与传说中天竺寺每逢仲秋有桂子从月中掉落的寻桂重合，美若清梦。

而郡亭巍巍，枕卧其上，看钱塘汹涌，听潮声起落，又是何等畅快！

诗人用静与动的对比、雅与雄的相映，突出了杭州本身的城市气质。

何日更重游？

——什么时候才能再去游玩？

杭州忆，忆得苦涩。

笔者有旧时中文系同窗，电话里告诉我，她与女友第一次到呼伦贝尔大草原，两人抱在一起，边跳边喊："天似穹庐、天似穹庐啊！"有点可爱，有点感动。景色到每个人眼中，是不一样的。

读诗的意义之一正在于此：到得某地，譬如草原，感叹壮美不是只会说"国骂三字经""两字经"，而心头浮上："天似穹庐"。

诗人看到一些人间的美，更看到一些非人间的美，将它讲述出来，形成一种巨大的、生育抚养般的力量，将美传宗接代，让人知道了：自己原来与大地是如此亲近，开始获见它高贵、庄重的美质，并获得它的支持和呼应。

这种"无用之用"，恰是大用之物。

潘阆：清笛芦花惊白鸟 钓竿云水引碧霄
——慢读《酒泉子》（长忆西湖）

酒泉子
〔北宋〕潘阆

长忆西湖，尽日凭阑楼上望。三三两两钓鱼舟，岛屿正清秋。　　笛声依约芦花里，白鸟成行忽惊起。别来闲整钓鱼竿，思入水云寒。

一

从前啊，有个人名叫潘阆，他倒骑着驴，四下游走，处处履痕处处诗。

这个惹事精，本就不是按路数出牌的读书人，早年在汴京（今河南开封）开药铺，因造反事败被追捕，逃到永济（今山西永济）的中条山上，削发为僧。

谁料，他为僧又不按路数出牌，钟楼题诗"散拽禅师来蹴鞠，乱拖游女上秋千"，将住持气懵：题诗已不对，还拉师兄弟踢球？踢就踢吧，可拉女施主荡秋千算怎么回事啊？这不是个花和尚吗？！

于是潘阆被开除,四处流浪,打把式卖药。其间惹是生非被人痛扁的事时有发生。好在都是小伤,用自己的药敷敷,不痛了拉倒。

看来他是忍不住,心里有了好玩的话,不说出来憋得慌。放在今天,潘阆是说相声的好料。可惜史上多了一名优秀诗人,却少了一位相声大师。

如果不"作",该多好啊——他才学蛮好,诗词传来传去,竟传到宋太宗的耳朵里。

太宗一看:哎哟,不错哦。于是在至道元年(995),赐他进士出身,派去国子监当助教。有钱吃酒,有闲写诗,对他再适合不过。

这运气,简直上辈子拯救了银河系。

但他太不小心,一高兴写了首《扫市舞》:

"出砒霜,价钱可。赢得拨灰兼弄火,畅杀我!"

多狂!质感强悍,有五代诗风的率真,但字字透着不驯,像个孙悟空,大闹天宫后,喊着"痛快!痛快!"

这谁受得了?才再大也不行啊,简直无法无天。

太宗又火了,雷霆震怒:什么玩意儿呀这潘厮!十万火急追还诏书,以狂妄治罪,并下令对他终身不用!

他失去了"铁饭碗",还锒铛入狱。

他这一辈子,满肚子学问却落了个换不来温饱,将

夜渔 蒋跃绘

一手好牌打了个稀烂。

太宗驾崩前，潘阆竟又不知死活，加入到一桩拥立太祖之孙的破事中。

至道三年（997），真宗即位。潘阆遁逃，后来估摸着风头过了，便潜回京城，当即被抓获。

真宗倒也是个大度的，竟从狱中将他放出来，还赐了个地方政府小科员给他当。或因惜才或怜贫，不得而知。

生活是个好老师，会帮老天教育所有人。此次涉险，他老实了，也懂了感恩，乖乖写下：

"微躯不杀谢天恩,容养疏慵世未闻。……到任也应无别事,愿将清俸买香焚。"

如此低眉顺眼。让他变懂事的那些年一定很辛苦吧!

历史惊人地相似:历两任皇帝,两度入狱,两度被释放——烦他烦得不得了,还舍不得杀他。

他和皇帝的关系,属于:一个没头脑,一个不高兴,没头脑惹了不高兴,不高兴不高兴了还不能打没头脑。这本事,也只潘阆才有。祸端之大、性情之不驯,自己也知道,"世未闻"嘛,可就是管不住嘴。

细究起来,其实潘阆也挺冤的:性格这东西改不了。他不稳当,还爱开玩笑。开玩笑不要紧,要知道分寸,开不好,人家当了真,你就傻了眼。

估计皇帝能觉出他很傻很天真,都没计较他。否则有十颗脑袋也砍完了。

这等人事古来潘阆是第一个,估计也不会有第二个了。

出狱后,他不再头脑发热,也不再觉得才大委屈,开始知道不能和老天论公平,于是认命,绝功名尘念,继续流浪,取字逍遥,号逍遥子,总之,就是要逍遥!

不藉风力不群聚,翅膀随意起飞或呱嗒落地,全凭一时高兴,是谓逍遥。

就这样,潘逍遥半是装疯半逍遥,舍尘埃而取烟霞,与天下山水做了知己。他倒也满意自己的生活,正所谓:

事能知足心常惬，人到无求品自高。

仍性如顽童，同前辈贾岛一样，骑头驴推推敲敲写诗歌。可他骑驴也没个正形，倒骑着，全国狂游，极少停驻。

潘阆诗风却不似"郊寒岛瘦"清奇僻苦——他可不是什么诗奴，倒是他在奴诗。在他身上，传统的影响总盖不住个性的力量。

他较长久的居住地是杭州，流传下来的十一首词作，除了招祸的《扫市舞》，十首《酒泉子》全吟咏杭州，其中名句总在被模仿，从未被超越。

二

史书上，真的隐士都没多少事，甚至连诗也没能流传下几首。杭州的幸运有很多，其中就包括她留住了潘阆。

潘阆古意浓，浓到先秦去，他的无法之法为民族抒情诗的正宗写法，所捧出的，是诗中之诗。

词的前半部分全用白描，却在词首着一"忆"字，像茶的那种"高香"，飘呀飘，缭缭绕绕，引人浮想：

长忆西湖，尽日凭阑楼上望。

——离开那里了，却越来越思念。当时的我啊，天天坐在楼头，手扶栏杆，远望湖山。

三三两两钓鱼舟，岛屿正清秋。

——看三三两两钓鱼的小船，半隐雾中半没水中，来来去去奔忙，看大大小小的岛屿，哪里分得清水和雾？它们正在进入秋天。

笛声依约芦花里，白鸟成行忽惊起。

——小船儿漂荡，到了雪一样的芦花丛中，舟中人拈起短笛，随意吹奏，笛声高高低低，在水面游走，而白鹭藏在白芦花里，分不清是花是鸟。突然响起的笛声将它们惊动，昂首乍翅，排成一行，向天边飞去……

别来闲整钓鱼竿，思入水云寒。

——这样思念着西湖，以及当时所见美丽的景色、可爱的人物，就忍不住找出钓鱼竿，模仿渔民的动作，在水边垂钓。这思念又长又远，飘到了淡淡的水云间。

那真是生命中的好日子啊。

辗转从此到彼，真的好难，大概一生专门到某处的机会只有一次。

可能他再没有机会回去了。因此才有了感伤。

他那么爱西湖爱杭州，一口气写下那么多相关诗词。放到今天，无论如何也要给他颁个"杭州市荣誉市民"称号，不为别的，只为那颗思念的心。

其实，任何时候说起杭州，西湖都是绕不开的话题。不仅因为它的美——说起来，哪里的山不是山、哪里的水不是水呢？真正迷人的，是西湖水岸演绎过的幕幕才子佳人、英雄侠士的往事，像一圈蕾丝花边，镶在西湖的边上。

西湖传说那么多，潘阆排不上号，也没能在此谋得安息之所。可他语焉不详、只流传在少数人口中的故事，还是打动了我们。

他的词也不动声色，还是打动了我们——一个浪浪荡荡、有点不靠谱、孩子气的人，他细腻如同女人心，满怀惆怅念西湖，反差萌得厉害。

无从考证，他说的那个西湖到底多大多美，比之如今如何，他在那里是怎么玩的；除了看到这些，还看到了什么；不知他在面对它的那一刻，都想起过什么；传说他在杭州住得最久，又有多久……一个江湖浪人，在温柔的城中，拍掉尘土，该坐下来歇歇了。

三

后来，很多人以他的诗词为题材画画儿，很多人以他为题材画画儿。譬如，他忆念过的西湖；譬如，他倒骑驴的样子。

柳　永：自谓寻常夸颜色
　　　谁知平地起刀兵
——慢读《望海潮》（东南形胜）

望海潮
〔北宋〕柳永

东南形胜，三吴都会，钱塘自古繁华。烟柳画桥，风帘翠幕，参差十万人家。云树绕堤沙，怒涛卷霜雪，天堑无涯。市列珠玑，户盈罗绮，竞豪奢。　　重湖叠巘清嘉。有三秋桂子，十里荷花。羌管弄晴，菱歌泛夜，嬉嬉钓叟莲娃。千骑拥高牙，乘醉听箫鼓，吟赏烟霞。异日图将好景，归去凤池夸。

一

好一个"奉旨填词柳三变"！

仁宗是个非常仁厚的君王，吃饭吃出沙子都藏起来，对太监说："千万别声张，这可是死罪啊。"怕厨师出事。

可柳三变一曲《鹤冲天》，却摔得惨——惹恼了仁宗。

原因是里面有句"忍把浮名，换了浅斟低唱"，当时他两度科考失意，写诗进献。不料仁宗讨厌颓废的那劲儿，轻轻一句"且去填词，何要浮名？"就断了他的官路。

他被怼得无言以对，尴尬了。于是圆润地离开，弃了本名柳三变，顺着族内排行，起了笔名柳七，成为史上第一位以写词为正业的词人——他做唱作人，也唱也伴奏，主要写词，跟罗大佑一样。

歌伎们视他为男神，一致的心声是："不愿君王召，愿得柳七叫；不愿千黄金，愿得柳七心；不愿神仙见，愿识柳七面；不愿千顷地，愿得柳七意。"如果放在今天，他的粉丝该叫"柳条"——杨洋的粉丝叫"羊毛"嘛，差不多。

据说他死后，是歌伎们集资埋葬，每逢清明，她们前去凭吊，以至入行不给柳七上坟，业界就不承认，连在田野踏青的资格都没有。

二

他将民间俗语、大白话引入词中，以至谁都能唱，"凡有井水处，皆能歌柳词"。

后来对其作品的评论无非两种：虽然俗，但很好；虽然好，但很俗。也或许因此，将慢词写得出神入化的柳永缺席了《宋史》。

而能把低级趣味写得那么风雅，也是本事。谁不服谁试试。

那么，他想当官吗？

当然。

读书人，谁不想？李白想，杜甫想，白居易想，连范仲淹都想。

他小时候就是块学习的料子，祖上又都是读书的，家人私下都叫他"状元爷"。那样的期待，那样的天赋，突遭科考不中的打击，叫谁也不甘心。

景祐元年（1034），已经四十多岁，再不当官真的没机会了，他忍不住，第三次科考终于上岸，做了屯田员外郎，京官中最小的官，相当于处级干部吧，游离于政治四环之外。

到什么山唱什么歌。身份变了，哪怕是枚小蝌蚪，也得跟上大佬的洪亮。他三改其名为柳永，之后词风脱俗变雅，有了粉饰太平的作品，不再发朋友圈，群里也不言语了，"奉旨填词"一语成谶。

大可理解。

至和元年（1054），他还没流连烟花柳巷，还在计划进京赶考，从家乡福建迢迢北上，不料途中为景着迷，滞留在杭州。

柳永作了这首词，前往干谒——想着有朝一日，被超一线大都市的市长大人推荐，弄个小官做做。岂不知文人思维多么可笑：拿首诗就能敲开做官的大门？不如请门子递进去一叠交子来得实在。当然，要记得，抽出几张给门子。

此词大气磅礴，美如长卷，一经传抄，即声名雷动。

三

对，就是那段时光。都城还没被金人攻陷、天子臣民还没凄惶动身南迁的岁月。

很难去命名那段历史。从某种角度打量，政治上无疑偏弱，科技和艺术却空前发达，字多，画多，诗歌多，情丰物茂……样样事物旭日东升，令人倾倒。

得承认，从长远来看，这个朝代于后人贡献不小。

以柳七的才学，就算放在才子成山成海的盛唐那也是个中翘楚。

一轮明月　蒋跃绘

在温柔光滑的寂静中，诗行流经草丛、山水，带着云影、花香、鸟鸣、浓荫、闪耀的光斑，带着愉快，最重要的是带着自在，挂下来一幅画。

这是四扇屏的中国画，活生生一幅杭州四季图。

与西画相比，中国画对于色彩的认知更为独特和主观。"墨分五彩，随类附彩"，说的是国画的人文精神。色彩存在于自然，不受任何意识形态的制约，对人的影响是细微的。

色彩隐秘组合，每个空间都存在着无数色彩（只一个红色就有上百种），如同无限的宇宙——色彩像花朵、河流、丛林和山峦一样，形成一个个"场"，既活跃又有序，恒久存在，默默影响万物。

当中国人发现了色彩的秘密，这个世界就奇妙多了：将水色分为春绿、夏碧、秋青、冬黑，将天色分为春晃、夏苍、秋净、冬黯……色色并陈，传统的中国，我们领受着祖先传递的福气。

东南形胜，三吴都会，钱塘自古繁华。

——地处东南，位置优越，湖山优美，三吴的都会，钱塘自古就十分繁华。

开头三句，交待杭州的地理位置重要。如冷水泡茶，慢慢地才浓起来：

烟柳画桥，风帘翠幕，参差十万人家。

——春天到了，杨柳烟腾腾的，掩映着彩绘的桥，挡风的帘子飘动,房屋林立,翠绿的帐幕低垂,里面住着大约十万户人家。

作者用航拍样的手法,细说风景如何优美。历史学家考证,宋代杭州经济最鼎盛时,人口已达150万之多,甚至日本有人分析超过500万。

"烟柳"是个美妙的词——美妙到不能大声说出来,同理还有"风帘"。当代画家吴冠中有些大写意,画满烟柳,绿意朦胧,就是柳永所言的这个劲儿,做电脑桌面再合适不过,养眼。

可以想见:初春本就是一种处子般的事物,一痕浅绿,由烟柳开始,慢慢地,才生发了鲜艳妩媚:花朵开了,鸟儿鸣叫,大地气象万千,万物哗啦啦打开身体,光大自己的笑容。

宋朝的园林和建筑设计师们特别优秀,没什么制图工具,用木尺测一测,毛笔画一画,想了想,就鼓捣出了城建规划,草拟出布局;宋朝的农民工们也了不起,肩挑手提,不用吊车钢筋,就造起了楼。草民武大郎们住的就已是二层乃至多层的楼房。

作为江南中心城市的杭州,人口众多,财富爆棚,街巷河桥林立,房屋华美,在浩大成阵的杨柳掩映下,正是安居之所。

云树绕堤沙。怒涛卷霜雪,天堑无涯。

——此时,江南树木并未凋零,它们云雾也似,环绕着钱塘江沙堤,滚滚潮水卷起白浪花,如霜似雪,而江面宽阔,一望无涯。

这三句又回到自然景观,描摹钱塘潮。

柳永没有按照时间顺序写四季,这位高级摄影师,他给我们拍电影,在宋代的天幕上给二十一世纪放映一部杭州特色的海市蜃楼——

他挑郊外的钱塘潮,作为前番市区壮景的延续,镜头远—近—远,不断推拉,带动节奏,笔墨经济,未写声,却将大音灌注其中。

钱塘观潮历来称为盛举,是上苍赐予杭州的大手笔之一。

市列珠玑,户盈罗绮,竞豪奢。

植物园一角　蒋跃绘

——集市陈列着金银珠宝，户户存满绫罗绸缎，争相夸奢华。

这三句将视角切回城市。

杭州的声色之盛叫柳永写活了，每个字都宁静安和，读来知暖：流年里的暖，日子里的暖，看见的暖，遇见的暖……暖与暖摩擦出热力，让人相信：人间是有情的人间，自然是万物的自然，暖意中很大部分，藏在一个叫做心灵的世界里。

重湖叠巘清嘉。有三秋桂子，十里荷花。

——一重一重的里湖、外湖，大山叠小山的峰峦，都很清丽。秋天满城桂花那么香（一树灿烂一树秋）；夏天十里荷花那么漂亮（一湖妩媚一湖情）。

到下阕，专说西湖。

他想不到，多年后，有人因此按捺不住激动的心情了。

这个传说真假莫辨：金人领袖完颜亮读此词后，打马来战。

杭州人栽花当种田，住在诗歌里，桂花的香气，荷花的香气……连同它们的样貌一起攫住他，让他生出复杂感受，做出冲动之举。

一阕词引发了一场战争，跟全世界都读过的名著《飘》似的，内藏着不可思议的能量。

有人以为他写的是自己的想象。岂不知，事物在不同人眼里有不同的映射，迟钝的与灵秀者眼中，看到的完全不同。

桂花如今是杭州的市花，可见其栽种普遍，荷花更是西湖上随处点染的绝色。两种花，都是色香盛大的物种，连起来一说，颜色和香气都出来了，如同美好的祝祷词。而江南的桂花与其他地方的，到底不同——不是花、树，也不是香气。是种微妙的气场吧。就像颐和园湖边的柳和西湖边的柳，一样的水边，一样的站，颐和园还是照搬西湖修建的，可骨子里，分明有着不一样。

春来，有柳似烟，阳光透下来，落地成花；秋至，有桂如雨，鸟声钻出来，衔香而去。江南的好，由此可窥一斑。

在柳永这里，我们学习到一种磅礴又旖旎的美学。

羌管弄晴，菱歌泛夜，嬉嬉钓叟莲娃。

——白天，笛声清脆悠扬；黑夜，菱歌婉转飘荡，钓鱼的老翁、采莲的姑娘都各做着各的事，笑容满面。

他没说白天的青天如洗，红日彩映，夜晚的流萤悠游，银河满溢，可那些景象在一个"弄""泛"字之下，有了模样。

况夏秋之交，正是丹桂飘香、荷花盛开的季节，行动其间，仿佛有隔世的清幽。风和日丽中，开始一年一度的采菱活动，可是江南女子的乐事！除了清凌凌的湖水，荷花过人头，市井间还生长着数不清的桂树呢，黄黄白白，香气袭人。这些美妙之物美着，一直美下去，到美凋零，也还是美。

是啊,杭州有一个绝好处,就是秋天已至,而春光、夏光不老——农历十月,公历的十一月,已近孟冬,为写这本书,我来到杭州,从断桥北望里湖,再由右及左、由东向西,目测过去,但见一列悬铃木由赭石、深褐,到浅褐,至山脚下,竟是深青、墨绿,夏天一样的颜色。回头看,断桥边的草地却嫩绿如春。不由惊叹江南奇美:很多时候,秋所呈现的表象同春极为相似,内里却有如霄壤。就是如此不可思议。

这真是生命中看似对立却又彼此收藏、彼此平息和彼此成全的美。

柳永用一支生花妙笔,使杭州嫣然百媚,俨然一曲词体的"杭州赋"。

千骑拥高牙。乘醉听箫鼓,吟赏烟霞。

——许多骑兵簇拥着巡察归来的长官,在微醺中听曼妙乐曲,吟诗作词赏无边烟霞。

结尾处归美官僚,为登门拜访之用。同时,前面各色美景都有了着落,就是这个观赏的人,他的眼里装下了所有。

异日图将好景,归去凤池夸。

——把这美好的景致画出来,待来日回京升官时,好向朝中夸耀。这是句吉祥话儿。

如果说开头是开,渐次大开,结尾则为合,慢慢大合,正是会作词的做法。也像一部老电影的拍摄,开头光彩熠熠,推出出品方,最后结尾,打上老大的字:"完"。

制作完整，有呼有应，节奏上也松紧适宜，揣摩精当。

不光那起了刀兵意的人，我们读着这些从大宋跋涉而来的句子，也会有立即起身、去往那里的冲动。这些价值千金的诗歌，它们承上启下，衔接了千年的时光。千年呐，千年，多么久远的时间，远到一想起，就要寒毛直立，涕泗长流。

它们从我们舌尖流过，留下异香，像终得归属。

岳 飞：碧血丹心千古照
　　　忠佞善恶两分明
——慢读《满江红》（怒发冲冠）

满江红
〔南宋〕岳飞

怒发冲冠，凭栏处、潇潇雨歇。抬望眼，仰天长啸，壮怀激烈。三十功名尘与土，八千里路云和月。莫等闲，白了少年头，空悲切！　靖康耻，犹未雪。臣子恨，何时灭！驾长车，踏破贺兰山缺。壮志饥餐胡虏肉，笑谈渴饮匈奴血。待从头、收拾旧山河，朝天阙。

一

南宋灭亡之前，有段回光返照。那是岳飞苦撑而成。在方方面面积弱已久和全面不配合的情况下，简直是个奇迹。

提到岳飞，一定会想到金兀术，金兀术与岳飞是一生的宿敌。金兀术一进攻，宋朝开始大量征兵，此时便发生了岳母在少年岳飞背上刺字"尽忠报国"的故事。他拜别母亲后，投身到抗金前线。

自建炎二年（1128）到绍兴十一年（1141），岳飞参与、指挥大小战斗数百次，一路收复建康、襄阳、商州、洛阳……势如破竹，以至金兀术的军队哀叹："撼山易，撼岳家军难！"

这明明是功不是过啊！可高宗听信秦桧谗言，竟杀害了岳飞。

靖康耻包含太多：为避金太祖和金太宗汉名名讳，宋不用"旻""晟"二字，皇太子名里有"光"，宋就易"光州"为"蒋州"，而在大北边的苦寒之地，徽宗被封为二品昏德公，钦宗被封为三品重昏侯——这不是侮辱人嘛！太侮辱了。

百多年间，南宋一直都在行九十度大礼，腰都直不起来了。

改名只是面子，交钱可是里子。南宋向乏贵金属，更要命的是，在度量衡上要完全按照金的要求。也就是说，人家说多少就是多少。

所以，当亡国奴日子不好过，很多人死去，活着的也不见得多好。战争的罪恶就在于：让死这个比生还要庄严的人生大礼来得轻松便宜，而之后的活着都是赚的。

且南宋在绍兴和议后，财政支出没少多少——宫殿面积小，可精装修啊。官员工资也增加了。

负担转嫁到百姓身上。

那么具体怎么搜刮民脂民膏呢？南宋动足了脑筋：

实行两税法，一年交两遍，还有附加税。除了两税外，还有土户钱、醋息钱、曲引钱……打官司打不赢要交罚钱，打赢了要交欢喜钱，总之，交钱！

甚至弄出个粪税——粪可是政府财产，你进城担粪不能白担，交税吧！政府"关怀"无微不至。

和议不到二十年，完颜亮就继续南侵了。

和平是买不来的。

罪恶（比如战争）从来不是突然到来，它一点一点发生、试探，如受害者选择忍受，它就抛开顾忌，兴风作浪。

百姓无奈，乱世苟活。慢慢地，其中的一部分开始叛变投靠，且心安理得；甚至开始为进犯者鼓掌，将进犯说成救赎……而当鱼肉开始为刀俎开脱，羊开始为狼辩护，受害者开始为施暴者歌颂，这将是一个什么样的世界？

二

只看岳飞对自己妻儿的严格要求，即可知其生平为人：

女人无不爱美。岳妻偶然穿了绸缎的衣服，就被丈夫批评："你怎么可以穿这个？国破尚如此！"妻羞愧，旋即荆钗粗服，改回往常。

老爸是岳飞，究竟是种什么样的体验？长子岳云12岁从军，14岁练习骑马下坡，不小心摔倒，岳飞非但不安抚，反严厉斥责："难道你在战场上也要如此吗？！"竟下令斩首，以儆效尤。因左右求情，才改为打一百军棍，皮开肉绽方罢休。君臣蜜月期时，高宗奖屡立战功的岳云连升三级，被岳飞谢绝，说小子为国效力应该的，不能惯着他。

大义上人人景仰，私德上完美无缺，这等人物天生就是为恶人陷害的。秦桧与他做成死敌。

他们没个好借口，只含糊说岳飞拥兵自重、怂恿张宪谋反——"莫须有"。

真是笑话，他一辈子看"尽忠报国"比天还大，怎么会让部下谋反？

岳飞在刑场的供状上留下绝笔："天日昭昭，天日昭昭。"

天日昭昭！无论黑夜如何黑，日光还是准时到来。一首《满江红》千古高照，忠与奸，善与恶，高尚与卑鄙……都无处遁形。

三

岳飞有独特的人生，因此掌握了自己的创作资源，就连写景诗作都与军旅生涯相关——寻芳看花也没时间没心情，草草浏览，"马蹄催趁月明归"，回军营，打仗去。这样的男人很老也会像个年轻人——杜甫相反，生下来就像个老人，怪不得人家叫他"老杜"。

"小岳"开口的雄壮，也不似"老杜"的雄浑：

怒发冲冠，凭栏处，潇潇雨歇。

——我手扶栏杆，放眼远方，愤怒使得头发将帽子都顶了起来，如火在熊熊燃烧。雨刚刚停下，到处湿漉漉的，像流泪的心。

是什么让一个将军愤怒若此？当然是国家失地，连朝廷都被逼到江南。

抬望眼，仰天长啸，壮怀激烈。

——愤怒不断发酵，快要将人憋坏。我仰天发出长长的啸叫，北伐中原、恢复北宋时期版图的壮志，一刻都没有黯淡过。

三十功名尘与土，八千里路云和月。

——征战多年，战袍上常常聚满尘土，不断行军，走过的路足有八千里。

光芒与荣耀，红彤彤的日子，都费了很大气力才得来。这是典型的成功：去除了绽放的笑容，与众人的追捧，就剩下隐隐作痛的真相。

莫等闲，白了少年头，空悲切！

——可是，岳飞啊，你不要忘记，不要忘记，还没有光复中原，大业尚待完成，不要蹉跎岁月，要继续前进，不要等到年纪老大，什么都做不了了，才后悔，才叹息！

靖康耻，犹未雪。

——徽宗和钦宗，他们被掳到苦寒的五国城（今属黑龙江），前朝主公所受的耻辱，还没有被昭雪。

靖康耻到底有多耻？曾前呼后拥的天子就剩下了"一家四口"：徽宗和郑太后、钦宗和朱皇后，每天总共只能领到四块豆饼。皇后上厕所都被一个小军官跟着，摸一把掐一把的事情更是屡屡发生，满足扭曲的心态——连皇帝的女人我都搞了，我好牛！

到底皇后因不堪其耻，抵达的当天即自杀——上吊被救，又毅然投水，结束了26岁年轻的生命，啪啪打脸公公和丈夫，两张男人脸。

臣子恨，何时灭！

——我这当臣子的，内心的仇恨，什么时候才能泯灭！

靖康耻有多耻，臣子恨就有多恨。靖康耻是臣子不愈合的伤口。

驾长车，踏破贺兰山缺。

——等着吧，你们！我会驾驶战车，远征去贺兰山脉，踏碎你们的美梦。

一层丝一层茧，读者被句子拖进它，从愤怒拖进昂扬。

壮志饥餐胡虏肉，笑谈渴饮匈奴血。

——胸中壮志逸飞，让我时时想吃掉你们的肉，笑谈时，我常常想喝掉你们的血。

这里用了一个典：东汉时，北匈奴侵犯，耿恭迎敌，几百人对几万人，数月过后，粮绝，仍坚守不退。此情此境，不可谓不惨烈；此君此精神，不可谓不神勇。

岳飞自警自勉，心下立定了不夺取胜利不罢休的决心。

待从头、收拾旧山河，朝天阙！

——等着吧，你们，我会一点一点，夺回本该属于我们的土地，将版图恢复原状，然后去向我的领袖叩拜，汇报：失地已收，请检阅！

他不爱财不爱色，别无它想，一生只做一件事，一生只奔赴一个目标，就是"还我河山"，单纯得像个虚拟人物。

秦桧好可恨呐，竟诋毁这样一个人，使他十年的坚持毁于一旦！难怪后来杭州百姓冲面团撒气：捏一个长条当秦桧，捏一个长条当他的坏老婆王氏，扭在一块：哼，让你们下油锅！

油条的前身，就是"油炸桧"。老祖宗坏事做绝，世世代代被油炸嘴嚼，姓秦的人以姓秦为耻，而天下人不再取名为桧了。

将军下笔如下刀，自带灿烂光华：利索，干净，健康，还有就是易懂——所谓好诗，无非把一首诗里多余、虚弱、无指向的东西剔去，让诗意自然呈现。

岳飞就是《满江红》。《满江红》就是岳飞。

人就是这样热爱自己的国家的。

太阳的光芒穿过云层,缕缕金柱垂立大地的那种宏伟,终究让岳飞回到他该有的位置上。秦桧之流也是,看他的铁像,早被手指戳破了脑袋。

那年在曲院风荷附近,曾见一对父女。女儿说:"先去看荷花吧。"父亲微笑,语气温柔而不失坚决:"不,我们先去岳庙。"在岳飞像前,也曾见一彪形大汉秉三炷香,做深深的三鞠躬。

都是听着刘兰芳女士演绎的《岳飞传》长大的孩子。来杭州,拜岳庙的急切和郑重,像在还一个童年的愿。

四

宋朝经济再发达,也转换不成战斗力——肥大不是强大,重量不是力量;取之于民应用之于民,民强才能国富,而富国必先强军,这样才能不被欺负,后代看到的歌舞升平,才不会只是一幅画。

岳飞若在,当如是做1142年的年度总结报告。

李清照：金乌西行空寂寞　薄暮尽处是飞鸿
——慢读《永遇乐》（落日熔金）

永遇乐
〔南宋〕李清照

落日熔金，暮云合璧，人在何处？染柳烟浓，吹梅笛怨，春意知几许？元宵佳节，融和天气，次第岂无风雨？来相召、香车宝马，谢他酒朋诗侣。　　中州盛日，闺门多暇，记得偏重三五。铺翠冠儿，捻金雪柳，簇带争济楚。如今憔悴，风鬟霜鬓，怕见夜间出去。不如向、帘儿底下，听人笑语。

一

众神安慈，会把树木人等铺在大地上耐心细究，到底哪个能做橡檩栋梁，哪个该去引车卖浆，早有了安排。她天生就被指定写词才来到这里。

静好于北宋，颠沛于南宋，如同倒着播放的童话录影带，她度过了截然不同的两种人生，竟至我们无法精确细分其所处的时代。

前面很像童话的结尾——她顺风顺水成了太学生赵明诚的妻子，过着幸福的生活：午后，夫妻指着如山的书，猜某个典故、某句诗在某书的某一页，谁猜中了就能喝口下午茶。这赌注不吸引人，却玩得兴高采烈，像两个小朋友，以至于连茶碗都打翻了，谁也喝不成。赢家总是她。

还比赛写词。他闭门谢客三天三夜，绞尽脑汁写了50首《醉花阴》，将她同题一首掺入请朋友评判，结果朋友说只有三句绝妙："莫道不消魂，帘卷西风，人比黄花瘦。"那是她的句子。赢家还是她。

她好像随便说说就夺走人心。然而，又完全不是那么回事：说是随便说说，其实呢，当然是加了点、又减了点什么的，如加个虚字减个转语词。更多的时候，叫你觉不出加了还是减了点什么。

结婚六年头上，党争纷乱，24岁的她跟随丈夫，从汴梁回到了他的家乡。在那里，青山绿水，算是乡下了，他们喜爱那种安静，不受任何外界打扰。

然而异族铁马踏碎童话，噩梦来临：他们带着N多车笨重的金石书画流亡南方，接着，丈夫故去，剩她一人，辗转复辗转来到临安，已年近五旬。而仓皇中的再嫁和离异，都成为白发猛烈生出的根芽。

二

诗人以繁笔写心绪，带了混沌之象——诗歌不但简好，繁也是一大好处。在艺术上，比如绘画，一味以先民知觉为第一也有不妥处：先民囿于环境、材料、技法等的制约，常常是想繁而繁不起来的，因陋才就了简。

如有多种选择,更游刃有余也未可知。

易安一入词阵,便繁简自如,如入无人之境。

在这一首里,她让我们见识到,繁有多么美。

世界对她来说,无论昏晓,无论喧哗萧条,总是从一首词开始的,也是从一首词结束的。到黄昏她终于吐口,酿成伤心。

一开头,她就问:"人在何处?""春意知几许?""次第岂无风雨?"

三个设疑由一颗饱受创伤的心灵发出,读上去,像快要离世的人写的。

相对和谐的社会,苏杭"天堂",上元节——情人加诗人的节日,该多美啊:

落日熔金,暮云合璧,人在何处?

——太阳就要下山,像熔开的金块,一点点消失,而周围的云霞慢慢合拢,如玉缤纷……景色真是瑰丽极了。

人们都在尽情欢乐:这样晴朗的天气正适合赏花灯,可以痛痛快快玩它一个晚上了。

可是,诗人看了这天色,突然涌出"我如今是在什么地方啊"的询问。这真是情怀惨淡的一问。

下面再写两景:

染柳烟浓，吹梅笛怨，春意知几许？

　　——初春柳叶才刚出芽，因天气较暖，傍晚雾气低笼，柳似罩在烟中，透出温和的春意。

　　此时梅花已开残了，听见外面有人吹起笛子，笛声凄怨。

　　她心里浮起第二个疑问："这时节，到底有多少春意啊？"而不管有多少春意，自己还能去欣赏吗？

　　下面似是一邀一拒的对话：

　　元宵佳节，融和天气，次第岂无风雨？

　　——似应是她的朋友劝解："多好的节日，多好的天气，还是到外面走走吧。"也许那时诗人幽闭很久，朋友们看不下去了。

　　诗人甩出第三个疑问："唉（还是不出去了吧，天气太暖了，暖得不正常），难道不会忽然来一场风雨吗？"

　　疑虑，是受过苦难折磨和种种不幸刺激的人所特有的精神特质。遭受了太多的不测风云，以致融和天气里，诗人也免不了多疑多惧。

　　来相召、香车宝马，谢他酒朋诗侣。

　　——朋友们来招呼我，我还是谢绝了这番好意。

　　诗人晚年虽贫病无着，诗名还是有的。"酒朋诗侣"，可见其并不粗俗；"香车宝马"，又知必是富贵。

谢绝的原因，由三层铺叙道出：傍晚晴好，望远生悲；佳节热闹，心绪冷漠；天气和暖，但疑风雨。总之，一切。

中州盛日，闺门多暇，记得偏重三五。

——当年汴京繁盛的那些日子，闺中女伴多的是闲暇游戏，特别喜欢正月十五的月圆之夜。

诗人在汴京过了多年的上元节，印象抹不掉。如今老在临安，却还记得。

铺翠冠儿，捻金雪柳，簇带争济楚。

——头上身上，戴满插满饰品，女伴们相约着，夜色绸缪时分，出门游玩，衣香鬓影，街上热闹极了。

《雍正十二月行乐图》　北京故宫博物院藏

风吹着未来也吹着过去，声音，光亮，诸色迷离……那情景恍若在眼前，清楚着呢，真像望见了自己的前生啊，那么远，这么近。

如今憔悴，风鬟霜鬓，怕见夜间出去。

——如今这憔悴样子，头发白了还被风吹乱，很怕夜间出去。

丝丝缕缕，都是流年。

不如向、帘儿底下，听人笑语。

——不如在帘内，听听人家的欢声笑语罢了。

结束得好像平淡，而绝不平庸。浅出容易，深入多难。

最后几句，是将克制着的情感克制着说的："老了，丑了，这么不像样子了，出去被人耻笑，没意思。"是一层意思。

"病病歪歪的，腿脚不好，懒得动弹了。"是另一层意思。

"我一个老婆子，出去会倍感孤单。"是第三层意思。

"大场面不知见过多少，如今怎么比得上以前啊。"是第四层意思。

"北人南居，去家千里，一只落了单的飞鸿，有什么心情玩乐呢？"又是一层意思……

也许还有其他的意思，主谓宾定状补无一短缺。一个"意思"连着另一个"意思"，"意思"和"意思"是不断头的，像一个不动如山的景深长镜头，照着似乎没有尽头的黑隧道，和黑隧道里觥筹交错的恍惚幻影，需要我们慢慢摇出。

三

词人约48岁到临安，便大致一直呆在那里，到约73岁终老，都依附于同父异母的弟弟李远生活——小半生，她都活得如同一场大病。

生命最后的二十余年，是词人集聚了所有负能量的日子，孤苦不说，忍辱无数。

屈辱里除了国耻家愁等大事，还有一桩：老迈已至，死期未知，但不远了，诗人觉得自己满腹才情，就这么带走有点可惜，就选中了孙姓邻居家的女儿，想着让她当自己的徒弟，将一生所学传授给她。小孙却说，女子无才便是德，不想学诗。

这事对诗人来说，也是不小的打击。她内心竟也认可了那句荒唐话：是啊，才华到底带给了自己什么呢？百无一用，还为之所累。

她自名一家，人称"易安体"，被尊为婉约词宗、千古第一才女。后世不少词人直接在自己作品下标明"效易安体"，可见影响深巨。

像苏小小一样，她也喜欢西湖，住在湖畔的清波门外。

居所环境多美丽，自不待说。诗意绝伦的李清照，与冠绝天下的西子湖多么相配。两两相遇，该有多少绝妙好词迸发出来？

然而于杭州，于西湖，她似乎没有一字着风流。

风飘絮，雨打萍，漫长的二十余年，身世之愁，贫病之愁，遭遇之愁，以及百愁中还不忘写下"江山留与后人愁"的失国之愁，诗人该被心头不断累积的愁绪压得多么喘不过气，该觉生活多么无趣无望，自觉无用，才没能为杭州为西湖写下一字？！

世上之事，冷暖自知——易安的不易、不安，今人只能揖以怜惜，却不能尽晓一切了。去者不可追，只需略略感受：我们脚下的西子湖畔，李清照也曾无数次踏下足迹；我们手捧的易安婉约，是她留给这块土地飞迸的血泪。

朱淑真：湖深不抵相思半月冷何如心冢寒
——慢读《清平乐·夏日游湖》

清平乐·夏日游湖
〔南宋〕朱淑真

恼烟撩露，留我须臾住。携手藕花湖上路，一霎黄梅细雨。　　娇痴不怕人猜，随群暂遣愁怀。最是分携时候，归来懒傍妆台。

一

绍兴五年（1135）左右，朱淑真出生。绍兴二十五年（1155）左右，李清照去世。两位大才女之间有二十年的重合岁月。差不多是李清照晚年在杭州的全部时间。没有交集。

有点可惜。

如果她们能相识，也许朱淑真就不会死——一老一中相互安慰鼓励，说生活变动不居，但要勇敢向前啊，亲爱的我们共克时艰。当然，也许两人商商量量一起投湖了——都那么孤苦无依，看看对方更灰心。

她的命运较之李清照还要差得多，几乎没怎么像样地活过，一辈子，又短暂，又倒霉。短暂因为倒霉，倒霉因为糊涂。

糊涂的不是她，是她父母。才刚刚成年，父母做主，将她送到了一个小吏手里。吏的凶狠无情，我们在杜甫所作的三吏中体会太深。

于是，不出所料地，这只畜生经常家暴她，甚至带妓女回家，当着她的面与之调情……还不如个乡愿，至少顾头顾脸。

如果不是这样，从小娇生惯养，饱读诗书，家庭条件也蛮好，同城随便找找，嫁个读书人，怎至落得这般田地？

这与她的爱情理想多么相悖。恶性循环到一个点上，就集中爆发了，她提出离婚。那家伙没有"大归"休妻，而选择了貌似缓和的"休婚（分居）"，只是逐回娘家，离家不离婚。看起来差不多是一回事，然而更加苛毒——女人受拘，连改嫁都不能。

对男人有什么约束？一夫一妻制，可有附加啊，一夫一妻一妾多婢多姬制。他更自由了。

这比休妻还缺德。

然而，社会怎能容下这样的离经叛道？婚外恋啊！刀刃上行走啊！简直还不如人家潘金莲毒杀武大郎啊——人家不爱就痛快下药啊！

啊啊啊！一时众口如鸦，叫人崩溃。她偶尔上街，人们便聚拢来，又躲瘟疫一样避开，偷儿一样打量，随之散去，只留无声哭泣、尬在那里的她，像流水冲过一小块礁石——那时，她还年轻，脾气急躁且软弱，担不起。

她和一般的女孩子幻想得差不多吧？不坏，也说不上格外好，正常就行。但是，她终于落到了"最坏"这一折。

分手成为必然，正如死亡成为必然。

45 岁，她选择了投湖自尽。

历史没有记载她到底投的是哪个湖……可是，还能是哪个湖呢？

身后羞辱仍不可绝。这些有关婚外恋的诗词四处流布，更加剧了羞辱。父母不堪忍受，心痛又恨极。为避免家丑继续外扬，竟将女儿诗稿一把火烧尽。

世间顶凄凉的事——鸳鸯分飞，知交零落，才女不年，她不幸遭遇了所有。

旧时代，女子们差不多共着一个轨迹：婴儿降生，眼神清澈，一逗就笑，还没遇见这个世界的恶，也没沾上脏东西。而后长成少女，也还笑声明亮。再后来，在命运的蛛网里横冲直撞，终被丝缠，改命不得，又不甘认命，越挣扎越缚紧，越无力越难过，离最后的终结也就不远了。

唯一的区别是：有的厉害些，有的轻一点。总归会那样。

而她大半生都被丝缠、绑架，一般女子也会为她的不幸而叹息。

除了词,她一无所有。词是她的命。

二

低质的人生被她高调地过活,空气里都是长啸的凄厉:

思啊念啊,心上的一亩田啊,它就在今天、此刻、每一刻,萌发,生长,不可遏制。

恼烟撩露,留我须臾住。

——(当时那场约会啊,)烟是恼人的,露也是撩心的,烟笼着柳,露滴在花上,都在留我多呆一会儿。

携手藕花湖上路,一霎黄梅细雨。

——手拉手走在路上,两边开着藕花。可是多么不巧,忽然就落下雨来。

这黄梅时节的雨急着赶着像是为春送行,也侵扰约会,使它不能继续。

藕花那么美,就像西湖心里长出来的爱。这花在她这里一点都不得意,一点都不甜蜜,一点都不高兴。西湖爱情多凄美——虽说西湖的断桥、长桥、西泠桥并称为西湖三大情人桥,可它们多么悲伤啊,整个的梅雨季都是它们在哭泣。

诗人虽说处在夏日最美的时辰,梅子黄时,藕花开放,却没有一点欢乐,语气里有一点冷淡,一点惋惜,一点害怕和担忧。那场约会刚刚开始,就有细雨洒下——难道当时就已预示,分手不能再见?

诗人清纯可爱,然而带着忧愁。面对爱人,或许她觉得自己不洁,更怕流言蜚语,让人无处遁形。可豁出去了,就要在光明正大处约会!就要秀恩爱!就要灯芯的回光返照一样,残灭前的刹那,发出最足的光亮。

烟,雾,藕花,每一个都是美物,更哪堪诗人一挥罗袖,又下了一场梅子黄时雨。意象洁净安静,不蔓不枝,如同滴滴白蜡,透明润泽。它们单独呆着不过静物素描,合起伙来,就顿时盈满,晃动起来。

而烟,雾,藕花,雨,每一个又都是大物,朦胧美丽,被化成爱恨、怨嗔、喜乐等复杂情绪。以轻薄之物写厚重之思,让人赞叹她画心本领,竟易如画鬼。

读完此句,唇齿间汪着清甜,心里绕上乐声。这就是宋词独有的音韵美——那该有多美?我们没有那样的福气,可以再有幸见识到文学与音乐双重的美。

上阕中,流露更多的,是初见的欣喜和隐隐不安。写下本词的此刻,诗人正在思念,怀念那场来之不易约会的整个过程,想起细雨谶言式的飘落;下阕先是异常甜蜜,因为想到了约会细节,而后沉到悲伤的海底,因为越甜蜜,离别就越痛楚:

娇痴不怕人猜,随群暂遣愁怀。

——娇媚痴情不怕别人猜疑,随着大家暂时排遣愁苦之情。

烟、雾、雨　蒋跃绘

　　我不怕我不怕我不怕……我怕。

　　怕人看见,又想彰显,就像任何人的热恋,想大声说给全世界。

　　能"娇痴不怕人猜"的,当然不是中年,恰是少女心思。中年?可能是"脸厚不怕人猜"或"混账不怕人猜"。出嫁前或被赶回家之后,与初恋情人在一起的短暂日子,十几岁或二十几岁的年纪,人人一生中最好的时光,更是朱淑真的华彩段。

　　正是那个时候,她惊喜地发现:世界不是生活的表层——它原来可以更深更高更远,更健康,更清白,更明亮!因为爱情。

　　句中有爱情的敏锐温暖,有情境的纯洁愉悦,有白云样的温柔,黑云样的倔强,有孩子气。

还有，两个人都好看。因爱情美好，还因年轻本身就好看。年轻哪有不好看的？

这些平常字一点不生僻，平时见了也就那样，在她那里却好像仙女下了凡。

最是分携时候，归来懒傍妆台。

——最忘不掉的，当属分别瞬间了，回来后叫人懒得对残妆。

原本那样欢愉，但总要分别。心情急转直下，洒泪，回家。到闺房里，还恍如梦中：美好的一切刚刚还在经历，可怎么已成追忆？想起没有未来的恋爱，我懒倚妆台：真怕一切成灰，消失不见。过往都成了虚景，衬着你的身影，而你如今在何方？

女子梳妆的情形莫名其妙地总和伤感相联系。比如发现鬓上第一根白发，比如看到好像一夜转成衰颜，甚至，妆罢艳极，其实也暗示了伤感。当然还有，苏东坡梦到过世爱人正梳妆……总之，她一提"懒傍妆台"，我们就心灰了一半。

这一句似在叙事，却是极重要的心理描写：词中人归来，无情无绪，懒得卸妆，也懒得梳妆。失爱，被休，疾病，孤独……人间所有狼藉均已抵达现场，魂飞了，只剩躯壳。

整首词思绪复杂多变，一层一转，一转一深，会传染的哈欠一般，勾连着，相思的苦乐都有了。

写词就是词人开给自己的处方吧？也许终究治得了

病治不了命，或干脆加重了病催紧了命，但还能怎样呢？面对命运的重压，还有什么渠道能假装反抗一下下吗？

她思得痴了，不觉出神——太远，太久，到回过神，不禁一个愣怔，清醒过来，坐实了：那不过是个美丽的图画，早被一把火烧去，灰飞天外。

三

朱淑真的悲剧类似于现代女作家萧红，同样遇人不淑，同样遭遇强硬的父权和夫权，同样因婚姻波折为人诟病，同样浪漫敏感，同样耿介任性，不向现实妥协……

萧红临终，发出"平生受尽白眼和冷遇，身先死，不甘，不甘……"的绝望叫喊，是她留给寒凉人间的遗言。其中悲苦，令人唏嘘。不知朱淑真湖边行走、思考活着还是死去时，有没有过类似的不甘？是否有过那么一闪念，后悔轻生？

我们所了解的朱淑真，不过一鳞半爪，细节模糊，面目不清，而她所遭受的苦难，我们不能感同身受。谁也不能和另一个人感同身受。

那些和我们擦肩而过的路人，平静的面庞下又藏着怎样的故事呢？

辛弃疾：敢请幼安题锦句　　最宜西子对菱花
——慢读《念奴娇·西湖和人韵》

念奴娇·西湖和人韵
〔南宋〕辛弃疾

晚风吹雨，战新荷、声乱明珠苍璧。谁把香奁收宝镜，云锦红涵湖碧。飞鸟翻空，游鱼吹浪，惯趁笙歌席。坐中豪气，看公一饮千石。　　遥想处士风流，鹤随人去，老作飞仙伯。茅舍疏篱今在否，松竹已非畴昔。欲说当年，望湖楼下，水与云宽窄。醉中休问，断肠桃叶消息。

一

临安没能成为宋高宗的临安之地，却开心度日；辛弃疾在这里闲职多暇，却愤怒不安。

辛弃疾父亲早亡，可祖父教导有方，找师傅教他书本学问、剑术、骑术，还时不时让他侍弄庄稼，使他德智体美劳样样优秀。

都说原生家庭的阴影大，其实原生家庭的阳光也是永久照耀——辛弃疾一辈子都是个热血青年，打起仗来贼猛，退役后才弃武从文，活生生被逼成了词人——并且是两宋存词最多的词人。

他善写壮词，惯于打开自己身体里潜在的骚动，在每根血管都藏起一头豹子，潜伏在森林和月光里，随时跳出，咬断猎物的脖颈。那样的句子时刻处在蓄势待发的状态，以至于我们开始猜测：一个处处碰壁的人，他怎么能将热情保持得如此饱满？并以完整的自信呈现？

稼轩此人，一想即当如是：浓眉，皱眉头；虎目，亮晶晶，胡子留得像棒槌，歃血誓盟，喝壮行酒，带双吴钩，收取关山……他的声音，理应是一个民族所能发出的、最彪悍的声音，男人的声音。

出生在北方敌占区的他，一心想着收复中原，因此，金兵南下时，21岁的他建立起义军，短时间内就聚集了两千人。

他甘为部下，并入其他起义军。谁知军中张安国叛变，他只带五十人，闯入五万金兵的阵营，亲手活捉叛徒，绑在马背上，还成功将投金的一万多义军说服回归，率之冲出敌营，连夜过江，投奔了南宋朝廷。

然而他只是被召回临安，做了一名仓部郎官，负责粮食的收藏和发放等事务。

仓库里能有多少事？25岁，报国无门，他闲下来就在近处逛逛，吟咏歌吹一番，打发时间，也减轻焦虑，心情略好一些。

二

到底是豪放词宗，开头即不同凡响！

晚风吹雨，战新荷、声乱明珠苍璧。

——风与荷叶打了一仗：下雨了，晚风吹来，加剧了力道，雨点下死劲，打在荷叶上，声音急促，铿锵杂乱，就像明珠映照在苍黑色的玉璧上。

他将下雨这点子事比喻成一场战争。除了用典丰富深奥，辛弃疾也极擅暗写。肉眼可见的就有这里的几处：

一是提到荷叶新萌，暗指初夏；二是提到声乱，暗指雨急；三是提到明珠苍璧，暗喻雨珠荷叶，其美其奇自不必说，另复合有通感意——与前词连接，也可看成将"声乱"这一声音，嫁接到"明珠苍璧"这一景色上——雨声大类明珠照耀苍黑色的玉璧的鲜亮和对比分明，其声的响亮、脆生、节奏乒乓，尤其生动。

那个亮和这个响多么神似！"响亮""响亮"嘛，像响一样亮，像亮一样响，没毛病。

接下来，辛弃疾摇动毫锥，续写壮景——且美且壮：

谁把香奁收宝镜，云锦红涵湖碧。

——是谁？把首饰盒子打开，将宝镜收了进去？你看那太阳映在湖面上，织得一手好锦缎，云彩红彤彤的，湖水绿莹莹的，满天的霞彩满湖的霞彩，红绿交汇，如同锦缎的经纬，金贵，好看，鲜亮无比。

历来的文人都爱将西湖比成丝绸（锦缎属广义的丝绸），是自然的联想：杭州丝绸多有名，一下子就想到了。

飞鸟翻空，游鱼吹浪，惯趁笙歌席。

——飞鸟在空中高高低低翻飞，鱼儿吐着泡泡一呼一吸，随着浪浮浪沉畅游，它们习惯性地追逐着游船，太懂借力，也很聪明——知道人会投喂，可以觅得好饭食了。

落日晚霞碧波，都不是静止的事物，然而，更加灵动的，是水上水里的生灵。

坐中豪气，看公一饮千石。

——在船上，我和朋友饮酒，豪气冲天，一饮就是千石。

这里也有一个暗接，即上句的"笙歌席"：诗人与友人船上开宴，有笙歌，有美酒，再赏着美景，酒兴愈发浓厚。

上阕中，自然现象、飞鸟和鱼，以及人，相互映衬，相互照拂，不加设防，和乐优游，三者融为一体，形成了不言而喻的和谐美。自然风光美，人与自然的关系更美。

景色绘毕，下阕开始抒情，也开始频砸典故：

遥想处士风流，鹤随人去，老作飞仙伯。

——遥想当年林逋林君复，他满腹才学，隐居孤山，不仕、不娶也无子，却以梅为妻鹤为子，二十年不进城市，何其自在风流！现如今鹤随着他人的离去而离去了，而林先生已经老成了神仙，并做了神仙的首领。

春风又绿 蒋跃绘

"遥想"是粗壮大绳,有力连接起上下阕,让人想起东坡"遥想公瑾当年"的洪钟大吕。同样雄奇一转而妥帖自然。

上述三句句子俭省,而内涵丰实,颇堪玩味。

茅舍疏篱今在否,松竹已非畴昔。

——林先生以前住过的茅屋和稀疏的篱笆还在吗?不在了吧,松竹已不是昨日之松竹,昨日之人事已经了去无痕。

如说前面还全部都是血热之辞,那么这两句则有点惆怅了。抚今追昔常掺和了复杂情感,其中之一就是惆怅,带点惋惜。

欲说当年,望湖楼下,水与云宽窄。

——想起那个人,想起他说的"西子湖",想起他《望湖楼醉书》的排奡大句,他写的变幻莫测的云水(以及他赞美过的每一个西湖场景和片段),真是万般思绪都涌上心来。

提"遥想"二字,就已经想起了东坡(连我们都想起来了),身处在他"欲把西湖比西子"的西子湖畔,怎么可能想不起来?

醉中休问,断肠桃叶消息。

——醉里就不要再问,旧日情人的消息,那可真叫人伤心啊。

典型的辛弃疾式结束语,常是转了又转,悲怆后接悲怆欲死,或欣喜后接悲怆。这里的是前者,本来惆怅;去者风采不可寻觅不可追,更添上了情人之思之无影;酒喝多了就容易想起许多人许多事,醉中不要问不敢想,曾经相恋相知的爱人,曾经在这里让人苦苦等待、甜蜜会面的她,到底去了何方?

这个指代也内含一典:东晋王献之曾有小妾名桃叶。

整首词情景交融,抒情繁复完整。里面意象虽多,然层次分明,分毫不乱,而上阕下阕的意象,乃至"醉"这个状态,都钩挂连环,有着或明或隐的关系。

有余味,是好诗歌的重要标准之一。辛词辣,辛词壮,辛词也美。繁复舌上,就有了余味。

辛弃疾：山水三叠钟期杳
电光一霎灯火稀
——慢读《青玉案·元夕》

青玉案·元夕
〔南宋〕辛弃疾

东风夜放花千树。更吹落、星如雨。宝马雕车香满路。凤箫声动，玉壶光转，一夜鱼龙舞。　　蛾儿雪柳黄金缕，笑语盈盈暗香去。众里寻他千百度。蓦然回首，那人却在，灯火阑珊处。

一

小人与同利为朋，君子才与同道为朋。非关物质，只为理想。

他和陆游是好友，命运也大致与放翁相同——秉将军之才，时刻准备着，然而，只能原地踏步，一寸寸，老尽少年心。

开禧二年（1206），他不做大哥已许多年，蒙古族首领铁木真建立了蒙古帝国，而宋王朝在气息将尽之前，打算赌最后一把：任命辛弃疾为枢密都承旨，相当于国防部部长。

是兵权的授予令那颗早已伤透的老心冒了芽吧？谁也不知道那就是他的回光返照——病到了这个时候，他一生的理想所寄也到了最闪亮的时候。

一生中，一个人究竟经得起几次失望？这一次，辛弃疾的激情重新燃起来了——他居然以68岁的老迈之躯，答应了奔赴前线，哪怕此次是赴死！

他好像回到了最初横扫敌军营中单手捉贼的光辉岁月。

然而天不假年，在这个当儿，他病倒了，水米不进。只好准备谢职。

开禧三年（1207）八月，病越发严重。九月十日，任命的诏书汗马飞奔，到了铅山脚下。此时，这位蛰伏一生的将军正病入膏肓，他在昏厥中坐起来"杀贼！""杀贼！""杀贼！"三呼之后，带着天大的恨憾，离开了人间。

二

临安的元宵佳节，百戏上演，千灯绽放，万家倾城而出，诗人不可能注意不到，也曾乘兴游玩，没有像同乡李清照一样选择躲避。于是有了这首藏有惊人句的作品。

印象里，辛弃疾过于豪放，把一辈子活成了腾格尔的歌。这里的他有所不同。

> 东风夜放花千树。更吹落、星如雨。

——东风还未催开百花，却先吹开了上元节的火树银花。它吹开地上的灯花，更吹落了天上的星星，如雨繁多。

这个吹落星星的想象，开始有些意思了。

> 宝马雕车香满路。凤箫声动，玉壶光转，一夜鱼龙舞。

——车马、鼓乐、灯月交辉，民间艺人们纷纷活动，种种交织，极度喧哗。

诗人的语气里，此时带了焦灼：

> 蛾儿雪柳黄金缕，笑语盈盈暗香去。

——妆容明艳、暗香浮动的美人，笑语盈盈，来来去去。

> 众里寻他千百度。蓦然回首，那人却在，灯火阑珊处。

——这些，唉这些，都不是我所要寻找的人啊。我在人群中不断走动，都有了千百回。

如荒漠跋涉遇清泉，我不经意回头，突然眼光一亮，在那盏残灯旁边，分明看见了——

就在那里！她，是她，没有错，她原来在那冷落的地方，安静，无语，还没归去，似有所待。

走在陌生的旅途，神情漠然，心底倦怠，满眼都是黑白色。可是，就在这时，看见一个人，甚至不必言语，已心下如镜……别犹疑，在即将擦肩而过的刹那，快走上前去，一把扭住他的衣袖——这就是"那人"了。

发现"那人"的一瞬间，是电光石火的一瞬间，境界决口而出——诗人积累丰厚，又善以一当十，境界自然新上翻新：五色令人盲，五音令人聋，过多的真实接近幻象，而读到收梢，才彻悟数不清的明亮之物都只是意中人的背景。

当然，认识上又不拘于彼此爱慕的男女，更可能是指知音，或婉转代皇帝。而那人何尝不是诗人自况呢？为自己的人格写意？那个神色荒凉的中年男人，妄想不成的英雄、被迫而成的小官。

三

浙江卫视常在白天轮番播放两部纪录片，一曰《西湖》，一曰《南宋》，以今人眼睇古人的好，美轮美奂。辛稼轩的这首词就被选作了《南宋》的片尾曲，竟与画面极为协调，似量身打造。想来百姓大众都会更加熟悉它了，好诗被传播，多少人享受到它的好，真好。

它遍体明亮，沾满月光，传达给了我们生命中最美好的部分。

无名氏：苍天有意分贵贱
　　　　白浪无知自沉浮
——慢读《长相思》（去年秋）

长相思
〔南宋〕无名氏

去年秋，今年秋，湖上人家乐复忧。西湖依旧流。
吴循州，贾循州，十五年间一转头。人生放下休。

一

南宋大奸贾似道依靠皇亲身份，权倾一时。可没想到，自己的金交椅却在"田"字的四个窟窿眼上陷下去了——

他推行公田法，带头捐出了自己的一万亩地……

且慢！一万亩地？哪里来的？！强占？受贿？……

顺着这个瓜挖下去，人们细思极恐：

他居然在西湖边筑造了自己的别墅，且豪华程度远胜皇上！需要败坏多少银子？其中又有多少不属于他工资的部分?

这竟只是冰山一角,他指缝里的财富遗漏而已。

这种虽也做事、可也巨贪的官员,恰恰成了国家的罪人。

二

去年秋,今年秋。湖上人家乐复忧。

——去年的秋天与今年的秋天(虽然差不多的景色),湖上人家(却)从欢乐转了忧愁,后乐园成了失乐园。(活该!)

这个"湖上人家"指的是贾似道。浓烈的感情深藏在面无表情的句子里。

里面有看透:因果终有报,不争迟与早。还有"幸灾乐祸":你看,你横行霸道,也会有今天。

无论古今,对纯良之于厚黑的幸灾乐祸,我们喜闻乐见。

西湖依旧流。

——西湖依旧沉默如昔,静静流淌。

上片最后的一句单独成势。说的是景物,其实是对人生的感叹:你起高楼,你宴宾客,你楼塌了,或者你楼塌了,你宴宾客,你起高楼……西湖似乎什么都知道,什么都不在意。

龙井的秋天　蒋跃绘

吴循州，贾循州，十五年间一转头。

——（时间过得也真快啊，）那光明磊落、一心为民的吴循州，那暗黑心肠、作茧自缚的贾循州，之间的相隔，不过短短十五年而已。

吴潜当时位及左丞相，官声极佳。

在党同伐异的政治斗争中，少数派从来都是牺牲者。贾似道害死吴潜，将大权把在自己手里。

两人之间有着千丝万缕的联系：这两个人先后被贬到同一个地方——循州（今广东龙川），都死得够惨：吴潜被贾似道手下毒死，贾似道被抓后由押送人活活锤死……时间相隔不过十五年。

死神带走了他们的名字，和他们在人间历经的所有过程，似乎从没存在过一样。

词中提到了吴潜，但感慨多从贾似道来。他的西湖别墅矗立得太过醒目——西湖是面照妖镜，将什么魑魅魍魉牛鬼蛇神都给照出来了，可惜没座雷峰塔火峰塔的，将这些东西镇它个几千上万年。

虽说风月同天，共着一个香喷喷的大西湖，然同一片天空下，雕梁画栋、骄奢淫逸之"湖上人家"，与旁边漏风破顶、勉强度日之"湖上人家"，却大不相同，前者主人的暴毙横死与后者主人的平安终老也大不相同。

恼归恼，恨归恨，循州们、湖上人家们殊途同归，湮灭在历史长河中。

世上除了善恶之分，还有是非、美丑、净垢、真伪等二元分别，几乎每个事物都有自己的对应面。人只

西湖秋高　蒋跃绘

要有了分别心,就进入了二元的世界,在顾此失彼和患得患失中,陷于相对的沼泽不能自拔。而一切终将随时间而去,那些因二元分别而形成的痛苦就白痛苦了,何必呢?

这里字面上感慨,也有隐含的禅意。

人生放下休。

——人生种种,都放下吧。

与上片一样,这里的最后收尾,也承接上句,是叙述之外的议论:人事无常,人心无常,都在变化,也许会变得恰恰相反。什么功名利禄,都是梦幻泡影,临走带不走分毫,就连记忆也带不走,没什么值得泼命追求和苦苦留恋的。

整首够短,够淡,思绪却荡起跌低了好几下,直如一只折足雁,叫得人九回肠。

三

贾似道给自己的西湖别墅取名为"后乐园",很可能是取前贤范仲淹"后天下之乐而乐"的语意,脸皮真够厚的。

可以提醒世人:不管官场、职场或日常生活中,但凡歌子唱得最响、话说得最漂亮的,也许最不值得信任和尊敬。

所以,真正的流氓从来不是左膀右臂大青龙,而常常是高高在上、满口仁义道德的"正人君子"。

南宋话本叙事前后常有因果之叹、人生之劝，这里失去名姓的诗人显然深受影响，将这种特点转化无痕，不见苛责，而尖锐自现：为人不可阴毒，不可得意忘形，因为事物变化之快常出乎人的意料。

钱本身不是坏东西，钱能让人生活无忧，能减少焦虑，获得美德，能带来自由和尊严，能最大限度地免于受辱，能选择更好的资源，能让男人沉稳宽容大气，女人优雅精致美丽……掌握钱的人才分善恶。

是的，万事成空，徒劳无益，而乘除加减，上有苍穹，别看一时的杀人放火金腰带，修桥补路无尸骸，眼光稍放长远，即可见野路得来的金腰带们，其生前萧索和身后骂名——可怜了那些盛满贪欲的华厦，以及一生不得闲的心机。

李叔同：生死轮转离别近　悲欣交集浮世游
——慢读《送别》

送别

〔民国〕李叔同

长亭外，古道边，芳草碧连天。晚风拂柳笛声残，夕阳山外山。

天之涯，地之角，知交半零落。人生难得是欢聚，唯有别离多。

长亭外，古道边，芳草碧连天。问君此去几时还，来时莫徘徊。

天之涯，地之角，知交半零落。一瓢浊酒尽余欢，今宵别梦寒。

一

为什么人世间有生又有死？有快乐又有悲伤？有相聚又有离别？……有一样儿好的就有一样儿坏的对应着？好像一个圆圈，一个阴阳鱼，不断跑啊跑啊，看着到头了，可你总逃不出去。

光从顶上泻下，呈圆圈状，罩住他——朴树在台上唱着《送别》。

下台后他泪流满面。他说："我要能写出这样的歌词，当场死这儿我都愿意。"

朴树没多少钱，实在太穷了就出来演几场，够生活费了就歇着。和佛不挨边儿。佛系的活法，不通透，但自我。

仅就此而言，也已够了——一点真意就是禅。娱乐圈光怪陆离，闭眼都能捞座金山，却挣脱诱惑，非大力而不能为。他与李叔同不在一个层面上，但都算特立独行的存在。

当然，李叔同的特立独行更让人瞠目结舌。

二

人生是一部电影，你我皆为自己的主演。

20世纪80年代，电影《城南旧事》的结尾，残阳如血，歌声清澈，流经耳膜，在心脏与脑海中蹿动，世界忽然安静，安静得像没有人。

词曲中有种神奇的传达：分明近在咫尺，却恍若盘旋在世界的原初。闻者被歌声黏合，慢慢变成一个整体。

人存于世，难免遇见贫病、情殇、死亡等大敌，为了逃避，或干脆不为逃避，只为获得安宁的心灵生活，大家各显神通：有人纵欲，有人赌博，有人旅行，有人自杀，有人阅读……有人就可以出家。

他的前半生流连于风花雪月，做艺术，慰自心；后半生皈依佛门，度众生，悲天下。

流年63载，在俗39年，在佛24年，他就是李叔同，弘一法师，诸艺皆通的全才，近代佛家律宗的最高成就者。

三

光绪六年（1880），李叔同出生于天津的一座进士府邸。他3岁启蒙，5岁学书，15岁即吟出"人生犹如西山日，富贵终如草上霜"的对子，佛理清澈，一如老者。

18岁，他去梨园听戏，粉墨喧嚷演绎红尘万千。李叔同迷上了坤伶杨翠喜。直接，燎烈，正是少年色相。

然而家里早给他订了未婚妻。生活第一次教他妥协。

母亲的仙逝是个转折，李叔同生命中最大的打击，他开始了真正的成长，易名为哀。李哀去日本，学画，唱戏，流连花间……风情占尽。

1916年，在浙江第一师范学校任教的他，因看了篇相关文章，去虎跑寺试着断食，不承想竟是个朦胧的启示——如孤独的孩子，没了玩伴才有眼去看世界，才有耳听周围，有心去觉悟。他感受到前所未有的好感觉，像童年读经的内心宁静，却又更加清明。

1918年。虎跑寺。梵音响起，发丝飘落，他一念放下，万般从容。

他在禅房贴上四个字"虽存若殁"：即便活着，也当我死了吧。

刚出家时，太太和日本太太还很年轻，分别来杭找过他，都被冷落。她们大哭而去，他头也不回。

荣枯有时，轮回无已，寂灭之物孕育重生之芽，因此有情可翻作无情恼，无情也可翻作有情喜——情是枷锁，剥掉六尘，一念清净才是福。暗示"去幻象、不执着"的深意，或许才真的是对哭泣离开女子们的帮助。

将生死都已放下，还有什么能成为修行挂碍？孤僧净侣，不孤不净，何谈大道？而一日入得山门易，一世守得山门难，须超人之意志，方能拔俗入圣。

如同他书法的风格，由之前诗酒风流的酣畅，到之后佛法入书的平淡，常人不能尽知其心境的演变，也无可度量大师的禅学境界，只看到，通向空寂之路，竟是喧嚣。

审美境界与宗教境界看似相反，又异曲同工：前者是无中见有，幻里求真，后者是有中见无，真里求幻。他从前者过渡到后者，用了十年的时间。

人性灭尽佛性生，弘一法师的修佛路，步步苦行。他观照万物，也观照自我。而世间一切不平静，大抵缘于人心不足，人心顽固又易移，如尘埃，稍动即摇。

他却八风不动，除了弘法礼佛，别无他事，心中净土伏万顷清光，其意之专，感天动地。

四

1914年，李叔同取调美国歌曲《梦见家和母亲》，吟成《送别》。

春早 蒋跃绘

歌词创作源于一个真实的故事：那年大雪纷飞，旧上海茫茫一片，好友徐幻园站在门外喊："叔同兄，我家破产了，咱们后会有期！"言毕长揖洒泪，旋即离开。李叔同望着他远去的背影，在雪里站了一个小时，转身回屋，含泪写下：

长亭外，古道边，芳草碧连天。

——长亭一点，古道一痕，发散芬芳的绿草与碧空相连。

送别是伤感而浪漫的事，相见时难别亦难——非但送别，旧时就连区区一封家书都伤感而浪漫呢，因为过程漫长辗转，纸上有太多不眠的月夜，跋涉的露水，及凝结的不易。

早在盛唐，汪伦送李白，踏歌而行，桃花潭边，凄美无伦,这里同是美景当前,春日迟迟,也面临分别。

晚风拂柳笛声残,夕阳山外山。

——晚风吹拂,杨柳飘荡,笛声悠扬,夕阳落在山峰下。

古人送别,无非柳与笛。柳缠绵,笛凄婉,正合惜别,而夕照暖,别意冷,山外山则路途遥,各种意象合在一起,滋味百种。

柳枝绵长温柔,笛声幽怨细腻,两者形色互见,拧在一起,有拉扯,有放手,将情绪押长,忽而荡起荡下,让时间凝固,也让时间飞驰。刹那间惊觉傍晚来临。之后就是暗夜,不得不分开了。

天之涯,地之角,知交半零落。

——天涯海角,朋友零零散散。

为什么如此珍惜?因为我的青春收藏在你这里;因为你我可寄心腹托死生,而一别之后,再难见到。就这样,知音难觅而分离,相会无因。

况且,谁又能预言以后?还能不能再见?地理的距离,会不会变成心的距离?会不会再见已缺了共同话题,而相逢尴尬呢?一切未知。岁月像大风,总将炽热吹凉,将热链吹成冷炙。

人生难得是欢聚,唯有别离多。

——人生难得欢聚,(这很好)只是别离太多。

人生像场盛筵，是欢聚，快乐幸福。有聚就有散，聚时多欢喜散时就有多悲凉。想来聚聚散散，终于会有散后不聚的日子——而不管由于死、音信稀，甚或背叛而生抵牾，友情都像遗址，只剩凭吊。

长亭外，古道边，芳草碧连天。

——（依旧是）长亭连长亭，芳草连芳草，古道连古道，天连着天。

下节开始，还在送别路上，是钟表不忍记录的执手相看。文字重复而意境升华，且更添了一层美，一层愁绪，回环之美，有如回声悠扬。

问君此去几时还，来时莫徘徊。

——我的朋友啊，你这一去到底什么时候才能再回来呢？来的时候别犹豫，莫彷徨，我会一直在这里。

还没离开，已经想念。这一句最伤感。这情意不多见。

天之涯，地之角，知交半零落。

——世间知音难觅，本就稀少，况又离别。

又是复沓，感叹挚友的宝贵。弦断有谁知？

一瓢浊酒尽余欢，今宵别梦寒。

——且让我们饮了这杯酒，微笑告别，今宵别过，梦会荒凉寒冷。

没有你，我内心萧索，怕残生孤独如黑夜。

作者经历了离别，悟到人生短暂似日落，寒意陡起。

细读歌词，觉其取自词牌《阮郎归》的下阕句式，韵脚平仄略有改动。看看创作时间，更像是李叔同告别凡尘、弃世离家的前奏曲。

耳边响着骊歌，去到他剃度的虎跑寺，会感觉所有的场景都是他的——是这样的路，这样的杨柳和芳草，这样的经卷，这样莽莽苍苍的黄昏。

我们眼看着最初的孩子不见了，只剩下这个面目全非的老人。

那个孩子是他，也是我们。

五

人的一生都在送别。生命在别离间被偷走，被温水煮青蛙，待惊觉时日无多，已天色将晚。

一次次送别，仿佛活着的证据就是送别。回首看，亲人、朋友，都是陌生相遇，熟悉了分别，只是一小段一小段的陪伴。就算最亲的那个人——母亲——也是。她第一次看到我们，我们第一次看见她，也是互为陌生人。到一定时候，也还是有完有了。我们终究还是送别了她，那个我们最不敢想会失去的人。

或许，写送别二字时，他也在心中送着死别的母亲，生离的妻儿。或许他到自己离去、无人送别的那一刻，才最谙人生况味。

——谁都是到那一刻才最谙人生况味。可惜,已不能开口告知。死终究是个谜,或许直到世界末日也无人能解。

想想病时,世俗野心就少了些;想想死时,宗教情愫就多了些。杭州留给人们的禅悟够多了,寺院中,云水里。弘一法师以生命做佛偈,凝注江南,供后人揣摩,点缀山水,照亮风景。

即便临去那一刻,面对友人,他还用微弱的声音讲解《十诵戒》,做最后一次的弘法。他的目光穿过万古长天,里面的深沉之爱,以及原谅一切的远意,让我们近百年后仍为之动容。

待黄昏降临,友人远去,他写下绝笔,而后整肃僧容,侧卧向西,安详而逝,其时眼角有泪,面带笑意——正如墨迹未干的"悲欣交集"。

那是大师与世界的诀别。最后的一曲《送别》。

第三章

曲

导　言

元曲包括散曲和杂剧。

元曲作家比起其他体裁的作家数量显然是成倍数减少了，意味着，得以流传至今的好作家和好曲子也相应成倍数减少了——虽然打眼一看也不少：流传至今的作品有四千五百多首（套、部）。《全唐诗》四万多，《全宋词》也有近两万。然而就是这样一个王气暗收的文化时期，元曲还是发散出了它特异的光芒，与唐诗、宋词三足挺立而成完鼎。

元朝的杭州，政治地位虽有所下降，但经济格局没发生大的改变，依旧是东南第一大都会。元朝统一后，杭州就一直是全国的戏曲活动中心，且风景绝佳，为文人诗酒唱和的不二之选。

当时杭州的曲作家中包括杂剧、散曲、南戏作家，还有院本作家，他们切磋交流，形成了一个庞大的曲家群体。上承前辈诗词、话本，下启明代戏曲文学，意义重大。

元曲作家群根据地域划分可分为大都、杭州、真定、平阳、东平等五个作家群。杭州作家群才华之盛可与大都相媲美，其中较著名的杂剧作家有郑光祖、乔吉、钟嗣成等，散曲作家有张可久、陈无妄、虎伯恭等。

从一些作家的作品里，得知张可久、卢挚、马致远、贯云石等常常相会于西湖。到元末，杨维桢提倡写西湖竹枝词，数百人响应。可见杭州吸纳人才的能力。

他们或为师徒、同门、曲友、兄弟，构成了一个群体关系网络。他们很团结，来往密切，有时还分工合作，比如范冰壶等四个朋友写剧本，一人写一折，圆满完成。

除了极个别的人，绝大多数杭州曲作家都门第不显，职位不振。知识分子几乎被贬到了最下层：只比乞丐高一等，居于普通百姓和娼妓之下，有的还兼着引车卖浆，

苏堤上的八角亭　蒋跃绘

以维持生计。这种艰难非常的境况，直接导致了绝大多数作家的生卒年不详，生平事迹也少有文献记载，还有相当数量曲子的作者署名"无名氏"。

　　杂剧和散曲都会有爱情、神仙道化、骂世等题材，杭州作家多取材于前二者。他们将典雅的书面语和俚语口语捶打成一片，无迹可求，使这一文体在杭州得以蓬勃发展，出现了许多优秀作品，如散曲《西湖杂咏·春》、杂剧《长生殿》等，在中国文学史上占有相当大的比重，于代代读者中产生广泛而持久的影响。

关汉卿：曲圣百啭启春意
杭城万物生光辉
——慢读《【南吕·一枝花】杭州景》

【南吕·一枝花】杭州景
〔元〕关汉卿

普天下锦绣乡，寰海内风流地。大元朝新附国，亡宋家旧华夷。水秀山奇，一到处堪游戏。这答儿忒富贵，满城中绣幕风帘，一哄地人烟辏集。

【梁州第七】百十里街衢整齐，万余家楼阁参差，并无半答儿闲田地。松轩竹径，药圃花蹊，茶园稻陌，竹坞梅溪。一陀儿一句诗题，一步儿一扇屏帏。西盐场便似一带琼瑶，吴山色千叠翡翠。兀良，望钱塘江万顷玻璃。更有清溪绿水，画船儿来往闲游戏。浙江亭紧相对，相对着险岭高峰长怪石，堪羡堪题。

【尾】家家掩映渠流水，楼阁峥嵘出翠微。遥望西湖暮山势，看了这壁，觑了那壁，纵有丹青下不得笔。

一

在他身后二百多年,西方的关汉卿——莎士比亚才发出了第一声啼哭。

他"不务正业",精通市井瓦舍流行的插科、歌舞、吹弹、咽作等多种技艺,同样,他也不是一个规矩的写作者,俚语村言,随时拿来为我所用。和叛逆期的少年一样,只要有时间,他就粉墨登场,亲自勾脸彩唱,唱那些杂剧——那其实就是元朝的 3D 电影。

他用 HIP-HOP 的节奏,跳起街舞,吼吼哈嘿,给路人演绎着散曲——那其实就是元朝的通俗歌曲,唱了花中消遣,更唱了酒内隐忧:

> ……我是个蒸不烂、煮不熟、捶不匾、炒不爆响珰珰一粒铜豌豆,恁子弟每谁教你钻入他锄不断、斫不下、解不开、顿不脱、慢腾腾千层锦套头。我玩的是梁园月,饮的是东京酒,赏的是洛阳花,攀的是章台柳。我也会围棋、会蹴踘、会打围、会插科、会歌舞、会吹弹、会咽作、会吟诗、会双陆……

他唱着愆着的,是怎样不爽的时刻——入主中原的元朝新贵对汉文化仇视、排斥,取消科举制达 78 年之久,将知识分子打入四等十级中的最底部。同时,还对知识分子实行高压政策,动辄流放和处死。

科举制度的废止,断了上进之路,对读书人而言已是噩梦。而法器尽毁,使处在卑位的关汉卿们更无所依傍。

然而他不停地唱,喉咙炸出"百丑图":高度腐败、目无法律"嫌官小不为,嫌马瘦不骑,动不动挑人眼、剔人骨、剥人皮"的鲁斋郎（《鲁斋郎》）；草菅人命、权作儿戏"只当房檐上揭片瓦相似"的恶霸葛彪（《蝴蝶梦》）；横行乡里、色胆包天"花花太岁为第一，浪子丧门世无对"的杨衙内（《望江亭》）；为恶所欺、死前怒斥"地也，你不分好歹何为地？天也？你错勘贤愚枉做天！"的窦娥（《窦娥冤》）……

他惜弱，也叹美，一直唱到须发皆白。

二

南宋亡后不久，关汉卿来到杭州，为之倾倒，写下《【南吕·一枝花】杭州景》套曲，以北方人的新奇眼光，对杭州山水作了热情洋溢的赞颂。

开头即先声夺人，酣畅淋漓，给杭州下定义：

> 普天下锦绣乡，寰海内风流地。大元朝新附国，亡宋家旧华夷。水秀山奇，一到处堪游戏。这答儿忒富贵，满城中绣幕风帘，一哄地人烟辏集。

——天下最繁华、最好看，然而又很沧桑，很憋屈：附属国，旧江山。然而又能怎么样？它还是水秀山奇，很富贵，华屋密集，人口兴旺。

有没有很眼熟？对，套曲第一支末尾，明显化了柳永写杭州美景《望海潮》中的词句。而这两位作者的气质、作品风格等，也都有些相似，汉卿颇多类耆卿。

作者状物抒情，渐入佳境：

【梁州第七】百十里街衢整齐，万余家楼阁参差，

杭州之春天　蒋跃绘

并无半答儿闲田地。松轩竹径，药圃花蹊，茶园稻陌，竹坞梅溪。一陀儿一句诗题，一步儿一扇屏帏。

——城中道路四通八达，数不清的亭台楼阁错落有致地分布着，这偌大的杭州城，却无半点闲置之地。掩映在松涛里的小屋、竹林间的曲径，培育草药的苗圃、花香满鼻的小路、种植茶叶的园子、稻田里交错的阡陌、竹海回护的山坞，梅树作伴的溪流……它们以唐诗宋词为根，绿绿地长在那里，真是一处一诗句，一步一扇面屏风。

松涛，竹林，花圃，小路，茶园，稻田，山坞，溪流……单单念出这些词组就已经很愉快——事物的名称包含魔力，通过这种力量，那个事物的本质呈现给了我们。

作者笔下，都是世俗意象，明眸善睐，巧笑倩兮，美得博大而层次繁杂。句子里含足水分和糖分，汁液饱满，甜津津。读起来也好听着呢,溜滑顺口,像天空中鸽群飞过。

视角挪移拉升,赞美不能停:

> 西盐场便似一带琼瑶,吴山色千叠翡翠。兀良,望钱塘江万顷玻璃。更有清溪绿水,画船儿来往闲游戏。浙江亭紧相对,相对着险岭高峰长怪石,堪羡堪题。

——杭州以西,盐场美丽,像一块贵重的美玉,吴山色彩千种,如晶莹的层叠翡翠。哎呀呀,看钱塘江似万顷的玻璃闪闪发光。清澈的溪泉,翠绿的江水,华丽的游船在水上悠闲来往。浙江亭紧挨江流,正对着峻岭怪石,足可艳羡,使我写下文字来记录。

事物越来越朝具象和深处走,点出地点:盐场,吴山,钱塘江。全用比喻:琼瑶,翡翠,玻璃……唯美地存在着,亮闪闪,水润剔透。质地和色彩都很像童话。溪泉江水也绿绿的,不真切的绿,泛舟其上,与各种绿一起呼吸,那种失真感的舒服、自由不言而喻。

> 【尾】家家掩映渠流水,楼阁峥嵘出翠微。遥望西湖暮山势,看了这壁,觑了那壁,纵有丹青下不得笔。

——家家户户都隐约映在水面,翠绿山脉上筑有挺拔的楼阁,西湖边暮色下,山势蜿蜒。看看这,望望那,(景色都很美)纵使有画笔,也不知该画哪边。

最后回到全景扫描:对着这绝色杭州,这激情燃烧着的大地上的万物,只有叹息的份儿。

杭州静美,温厚,彬彬有礼,有种永远不会被打破的安详之风。一座古典之城,穿越至今,并无衰容,曲中所提诸多元素至今犹存,不改大样。最近,朋友用无人机拍摄新安江两岸茶园,但见水映青山,茶树鲜绿,都长到了图片外——茶农因势造田,茶垄湿漉漉软绵绵,排列密集有序,往复盘旋,空中看真似印下的一枚枚巨大指纹。这种地方,如果有神仙当空降落,没人会觉得奇怪。

关汉卿那日看到的茶园等,也无非如此。

这和那种影壁前升起喷泉、水面上进行 3D 舞蹈等的景观是不一样的。天然雕饰和人为造境终究有质的区别。

三

与作者写杂剧的泼辣有所不同,他写景书卷气更浓,肥满的形容词和活泼泼的俏皮,两种调和,文字就浓得化不开了,充满热情——满和热情得都有点过了头。

不少文人年纪大了,文字会趋于平淡。对大部分人来说,符合这条规律。可对于李白、关汉卿之类的就完全不成立——为什么年龄大了,就一定要不动声色呢?只要不与自己的天性为敌,就得自在,若有神助。顺其自然即可。

洪　昇：七颠八倒肠百转
　　　　一叹三嗟泪千行
　　　　——慢读《长生殿》弹词（节选）

《长生殿》弹词（节选）
〔清〕洪昇

（末白须，旧衣帽抱琵琶上）老汉李龟年，昔为内苑伶工，供奉梨园，蒙万岁爷十分恩宠。……谁想禄山造反，破了长安，圣驾西巡。万民逃窜。俺每梨园部中，也都七零八落，各自奔逃。老汉来到江南地方，盘缠都使尽了。只得抱着这面琵琶，唱个曲儿糊口。今日乃青溪鹫峰寺大会，游人甚多，不免到彼卖唱。

【南吕·一枝花】不堤防余年值乱离，逼拶得歧路遭穷败。受奔波风尘颜面黑，叹衰残霜雪鬓须白。今日个流落天涯，只留得琵琶在。揣羞脸，上长街，又过短街。那里是高渐离击筑悲歌，倒做了伍子胥吹箫也那乞丐。

【梁州第七】想当日奏清歌趋承金殿，度新声供应瑶阶。说不尽九重天上恩如海：幸温泉，骊山雪霁；泛仙舟，兴庆莲开；玩婵娟，华清宫殿；赏芳菲，花萼楼台。正担承雨露深泽，蓦遭逢天地奇灾。

剑门关尘蒙了凤辇銮舆，马嵬坡血污了天姿国色，江南路哭杀了瘦骨穷骸。可哀落魄，只得把《霓裳》御谱沿门卖，有谁人喝声采！空对着六代园陵草树埋，满目兴衰。

一

一个猝然上台的王朝就好像有着硕大翅膀的黄昏，"呼啦"一声，把他给罩没了。

与前辈关汉卿爆炭似的性格不同，洪昇温和，有些多愁善感。或许也跟不同水土的不同将养有关——北方罡风，南方温水，到底大有分别。

况且那样的出生，从起初就埋下了性格的种子：

顺治二年（1645），杭州西溪群山中，一家佃户的破屋里，洪昇出生。佃户不是他的家，家族离城避难，母亲无奈，求助于人，才有了这个暂时的栖息地。

他满月后，全家回城。然而，面临的局面一点不比出逃时好，整个城市处于亡国奔命的状态中，洪家从富足到赤贫，只用了一个晚上的时间，就算再取名"昇"，渴望如日东升的念头多么强烈，洪家和洪家这个孩子还是被时代甩到西山那边。

物质虽垮，精神还在。在家族的拼力呵护下，洪昇读书，从骈文到声律，都精研不辍。24岁，他进京入了国子监。

一介芥豆之微、体制内的穷作家，在人人一双富贵眼的京城生存不易。一直挨到大女儿夭亡，他才满腹哀伤回到杭州。三年后，又因妻是表姐而被诘难"不伦"，父母把他们赶出家门。雪上加霜，一家三口竟至断炊。

七颠八倒的现实，逼他重走"北漂"路——他终于还是回到了文人荟萃的北京。

至于一个人的心是怎样变得越来越冷硬的，在他身上呈现得触目惊心，不至癫狂，但也相差不远。这次他依然备受清廷冷遇，才华的光芒却是什么都遮不住的。卖文为生的过程中，他声名渐起而狂放不羁。无论在京还是回杭，都不再拘小节，解开衣裳，像张大簸箕一样，毫不斯文席地坐，忽而大说大笑，忽而白眼相向，蔑视来看稀奇的人。

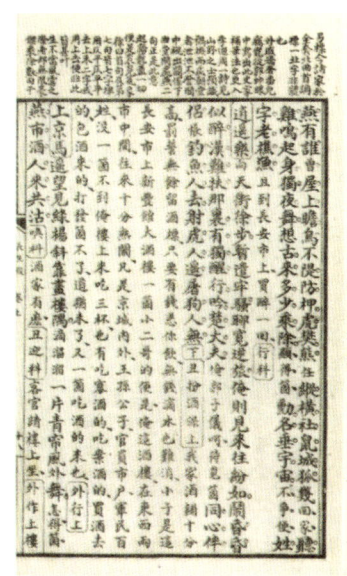

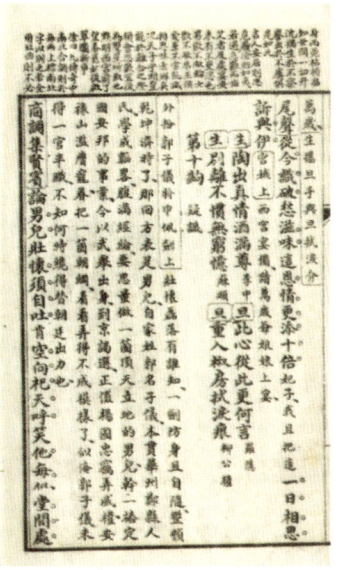

洪昇《长生殿》书影

二

到康熙二十七年（1688），他喷薄而出一部《长生殿》，写就传奇，赞美无数，带来票房无数，成就他的高光时刻。

第二年，戏班为感谢编剧，挑洪昇的生日这天公演。好巧不巧，撞上皇后的国忌日，犯了"大不敬"的罪，他被国子监除名，下了刑部狱，另有五十多人被牵连，有的竟终生废置不为用。

江湖难比山林住。他决意改观曲折的前半生，从政治漩涡中冲腾出来，回家乡发展。

他这样做了。又一次证明：艺术家的算术一般都不是特别的好。

此次一别，洪昇带一家老小南归，礼佛，写作，再没能回头。

世道逼仄，大自然却以无私胸襟消纳一切。蚂蚁行路，知了呼唤，老羊舔着小羊，野花吐出心里的香气……他铺开大地，用它们来写长长的诗篇。

对他而言，这已是人生圆满的庆典，圆满得像有场盛大的死亡在前面等着他。事实也的确如此。

似乎是个魔咒，只要一沾《长生殿》的边，就万劫不复——

康熙四十三年（1704），《长生殿》更加轰动。江宁织造曹寅在南京排演全本《长生殿》，洪昇应邀前去，

传说中的洪昇故居 蒋跃绘

事后在返杭途中，竟在乌镇酒醉，失足落水而死。当时他辞京八年，距60岁生日不足一个月。

顶着岁月那么毒的大太阳，走了那么多的路，却离开得如此随意。

三

李龟年当年到底有多红？

李白写《清平调》："云想衣裳花想容……"，为他谱曲、给玄宗演唱的，就是李龟年。连王维写的"红豆生南国……此物最相思"，都不是给老婆，而是《江

《长生殿》书影

上赠李龟年》。

全能型艺人,合作者都是顶级大诗人,知音是皇帝,红是必须的。

选取的这一段,李龟年的内心戏,其实就是整部剧作讲的故事:

唐明皇晚年糊涂,只顾享乐,委政权奸。杨国忠纳贿,安禄山造反,哥舒翰潼关降贼……江山一片狼藉。明皇仓皇逃至马嵬驿,随行将士杀死杨国忠,陈玄礼纵兵逼哄,贵妃自缢。

安史之乱后,为维持生计,李龟年四处流浪,靠唱曲糊口。在金陵鹫峰寺大会上,思盛唐想今日,不由老泪纵横。

此曲开头念白为下文做了铺陈。最后的那句"游人甚多，不免到彼卖唱"，为进一步铺陈做了精心的处理。紧接着，渐渐深入，悲意愈浓：

第一支曲是李龟年的自画像——奔波得苦，饱经风霜，面色黑，鬓发白，衣食无着，只好抱着琵琶沿街卖唱。像古代击筑悲歌的高渐离，又像吹箫乞食的伍子胥，心中掠过不知去向何方的微茫。

乐师谢幕，盛唐落幕，个人命运与国运紧紧关联——都风雨飘摇，将不知所踪。

唱起"不堤（提）防余年值乱离"，会触动集体记忆，屈辱、伤害和饥饿，这些种在体内、冬眠在骨缝里的词藻争相萌芽，与句子相互覆盖，产生共鸣。

谁都会老，谁都不容易，谁都有物是人非感的时刻。因此，那一刻人人都是李龟年，都失去了一切。作者好像是写家信给了所有人，所有人都委屈，所有的心都大泪滂沱。

至此仍是铺陈，因哀己是表，家国之叹才是里，将抒情强度推向一个更高层次。

最后一曲，一诉一叹，负苍天，决云气，似闷雷一记连一记：

当初在皇宫，明皇杨妃是知音，他们或驾临华清宫，观骊山雪景，或泛舟兴庆池，赏莲塘月色，处处清歌妙舞。却突然生变，明皇蒙尘剑门关外，杨妃葬身马嵬坡下，自己则落魄江南，瘦骨白发，把御谱《霓裳羽衣曲》沿街弹奏，无人喝彩。而身处的金陵也曾六朝繁华，如今铜驼生荆棘,园陵埋草树,已满目衰迹了。

这是昆曲老生的唱工名段。当时传播很广,所谓"家家'收拾起',户户'不堤防'"即指《千忠戮·惨睹》和这段戏而言。皆哀如井深。

"岐王宅里寻常见,崔九堂前几度闻。正是江南好风景,落花时节又逢君。"杜甫在江南遇到过李龟年,两位秉稀世才华的大才子,青年时经常华堂相遇,意气风发,老来却在最好的时节,有了一次最不堪的重逢:国破,境衰,岁月晚,万事垂暮。而花溅泪,鸟惊心,相对无言,不忍叹流年。与这支曲一样,悲风四起。

其实,也是洪昇遇李龟年——从他身上,看到半生寥落的自己。都似梦。

彼时,杂剧创作刚走过由草创时期向黄金时代过渡的阶段,如同一条源头清浅、突然雄浑起来的大河,穿越不过去的,就只看见形式;穿越过去的,就发现精神。洪昇是发现并把住了精神中的一个,开始以浪漫主义与现实主义相结合的方法闯入杂剧阵营,在剧坛的大旷野上,做起了"圈地运动",驰骋万里。

他崇尚真率,追求雅正,于之都达到极高水准,也是世间一个小小的奇迹了——要知道,这两个特点是打架的,几乎只可居其一。当然,从归一的大哲学观来看,它们又是相同的——这是另一个频道,且不去说它。

第四章 小说

导　言

　　古代杭州的小说创作集中出现于宋元和明末清初。

　　宋室南渡的时代巨变，导致杭州人口膨胀，市民阶层扩大，属于市民文学的话本开始繁荣。除了茶肆说书，临安城里当时有娱乐场所南瓦、中瓦、大瓦、北瓦、蒲桥瓦等五座，城外有二十多座。北瓦中，有两座专说史书的固定勾栏，甚至还有一座小张四郎勾栏因小张四郎一辈子专一在此说话而名。

　　一遍拆洗一遍新，说话艺人在不断的表演过程里，将最初的本子磨砺成精品，经住了观众苛刻的审视。

　　与此同时，文言小说领域出现了许多反映杭州人生活的志怪、传奇、志人、杂事笔记小说，娱乐感很强，文学性削弱。路有点走歪了。

　　随着话本集的整理刊行，明末清初，杭州短篇白话小说再次兴盛，出现了一批杭州籍拟话本小说作者，他们创作了大量"西湖小说"。

　　西湖小说是中国古代小说史上唯一以地域命名者。

学界最终定义为以杭州为背景的白话小说。《西湖二集》《儒林外史》《雪窟冰天录》《说岳全传》等，均有大段以杭州为背景的篇章。四大名著中都有杭州的影子，《水浒传》的语句留有杭州方言的不少痕迹。林冲的悲歌在六和寺中曲终，鲁智深在六和寺圆寂，武松也被作者安排在这里出家。本土小说作家创作的《剪灯新话》《西湖游览志余》《今世说》等，也与地域文化难解难分，是杭州明清文言小说的代表作。

杭州宋元话本描绘了大量城市图景，民俗民风多有涉及，是古代杭州人日常生活形象化的反映，也体现了自古以来浓厚的商业气息和城市特点。杭州的市井百态，是现存宋元话本中出现频率最高的场景。

梅家坞的桥　蒋跃绘

明代活跃在江浙的作者有冯梦龙、凌濛初等，杭州作者则有瞿佑、田汝成、方汝浩、陆人龙、陆云龙、李渔等，还有一些不可考，如西湖渔隐主人、西湖居士等，清朝则有王晫、厉鹗、罗以智、陈端生等，其中女作家陈端生的《再生缘》一度被称为"南缘北梦"。

作为古代小说重镇，杭州寄托了作者们的价值观念与人生理想，表达了他们的故国之思、隐世情怀、对现实的感慨等，创作群体庞大，小说种类繁多，传播与影响广泛，创作手法也极富创新意义，推动了中国古典小说的发展。

陈端生：一生襟抱春闺梦 现世铿锵丽人行
——慢读《再生缘》第六十七回《元天子巧设机关》（节选）

第六十七回　元天子巧设机关（节选）
〔清〕陈端生

……

慌坏夫人梁素华，丫鬟仆妇乱如麻。堂中肃静多回避，梁小姐，俊眼偷看映窗纱。荣兰亲随先禀报，高卷着，珠帘翠幔在檐下。康公引道前头走，陪进了，年少风流一内家。但见他，貂冠蝉翼扣当头，冒雨而来带雨兜。锦带牙牌装束俪，绿衣绣氅御香浮。光眉八彩君王相，舜目重瞳圣主俦。虎步龙行殊少匹，天资日表迥无俦。言默默，半含薄怒于双颊；喜孜孜，一颜多情在两眸。郦相明堂庭内看，认得是，少年天子貌风流。心大骇，意深忧，悚惧恓惶万斛愁。

呀，不好了！这内官不是圣上么？

如何不把内官差，御驾亲临改扮来？冒着狂风和骤雨，有甚么，军机大事要调排？无非为着宵来故，要把那，易服欺君一处裁？这也何消亲自至，只用将，纶旨一道下金阶。情真罪实该当死，也不望，天子龙心更爱才。这一到来当面讲,反令我,抱惭无地怎安排?风流相国浑无主,倒弄得,进不来还退不来。又不好,匿影藏形潜内室;又不好,扬尘舞蹈伏当阶。容失措,口难开,立到堂前倒吓呆。少年内官停住步,就向着,康公一拱笑盈腮。

太翁不必相陪,咱家奉旨而来,要与郦丞相同商密事。

后堂相见最为佳,左右的,伺候人皆屏退他。同与保和商国事,必须要,堂前肃静莫喧哗。康公应诺慌忙退,带下了,荣发亲随一管家。年少内官移步入,除下那,雨兜顶戴整蝉纱。

啊,郦丞相,宵来酒意如何?

我曾诫你勿疏防,不听良言失主张。昨日失遗何物件,莫非醉后事全忘?朝廷待你恩奚似,敢问先生怎报偿?年少内家言讫笑,郦丞相,魂惊不动暗恓惶。容带愧,亦含伤,只得披衣跪在堂。万岁天恩,臣该万死。明堂俯伏不抬头,顷刻间,晕雪融露一面羞。年少君王怜更爱,手拉着,紫罗袍袖笑凝眸。

保和公,你知罪了么?

不须跪着起身来,替朕把,湿透袍衿一解开。沐雨栉风亲至此,可知朕亦惜怜才。风流天子言完笑,郦丞相,跪伏华堂首不抬。万岁啊!贱臣有罪犯天廷,赐死凌迟亦圣恩。陛下圣躬尊万岁,不应当,冲风冒雨降臣门。銮仪仙仗来犹屈,何说是,内侍衣冠更亵尊。天子圣人宜自重,微臣已,魂飞汤火敢求生?至于血溅袍衿湿,念臣非,奉侍衣裳茵席人。郦相言完容惨淡，元天子，勃然作色面含嗔。

……

一

母亲说没有书读，小女儿就写了一部，给她消遣解闷。

还有比这个动机更轻飘飘的么？然而，其诚挚也是独一无二的。

她单纯一心，想把这个东西写好看，让母亲读得开心。

中华民族是个伟大的民族，在漫长的历史长河里，必然会出现一些天才，此女就是其中之一。

小女儿只有十六七岁，稚气未脱，撞进妈妈怀里撒娇的年纪。当然，那个年代人都早熟，也是快要出嫁的年纪。

可早熟又能早到哪儿去？例假或许都还弄不利索，身体也没发育丰满。瘦巴巴的女孩子，拈笔都看着有点不协调的岁数。

况且这是一支如椽大笔，落笔就是六十万字——还是未完成。

二

阳光透过枝条，照着一个妇人。虽然罩着棉衣，也能感觉出她身体的单薄。

她不停呼出一小团一小团的白气，站在桂花树下，愣愣地出神。

时间过得真快，自从嫁到淮南这里，一晃多少个年头了。妇人想起娘家，除了父母，杭州城里，亲戚的下一代人自己差不多都不认识了。

"回不去喽……"她一遍遍小声念着。儿时记忆闪过脑海。

那时，她出生在杭州。杭州家家种着桂花树。

女孩没有其他爱好。只要一支毛笔握在手里，她的心就是安稳的，不紧不慢而激情澎湃，写出喜欢的人物，似乎自己也变成了那样的人。

终于还是要离开。当嫁妆陆续搬到车上，她的心被生生拽着疼痛起来：嫁到陌生的地方，未来迷茫不定，而年轻人还不能体会离开意味着什么。

她告别家乡，告别青春，竟不知也告别了自己巨大的才气。

嫁妆里有一样必须带走的东西。也蒙着大红布匹。

随着爆竹响，婚车上路了。

岁月静好。转过年，她生了个女儿，和她一样聪颖。家事的琐细，孩子的可爱，都叫人消磨了其他心思。那堆沉重，就这样日日蒙尘，如同死去。

三

那堆沉重即《再生缘》书稿。

除了情节狗血,其中有大段大段的炫技,写景,写心理,炫耀才华之盛。人家有的是才华,炫就炫吧。

女孩名叫陈端生,乾隆三十三年(1768)左右动笔创作,20岁前完成前十六卷,两三年间,用毛笔写在宣纸上,这工作量,这速度,这质量……史上被低估的才女无数,陈端生肯定位列其中。

《再生缘》像春闺梦。她把自己不可能实现的想法付诸笔端,华丽丽一场好梦替她实现了做男人、中状元、为高官等所有理想,尤其是主人公为官后,做好事做大事,魄力、世故、担当一应俱足,有时还挺幽默……意淫得畅快淋漓,威风飒飒,让人读时,不禁因这个十几岁的女孩子的放胆作文笑出声来。

估计陈家家风和孟府一样,有些"妻管严"。但恐怕也惟其如此,才滋养出女儿超越时代的思想。

从结构上看,它相当于一首长篇叙事诗,整部用七言写成,另有些无节奏、描述性的语句。有节奏的句子是唱词,其余为念白。

第十七卷的开头,作者用很长一段文字写下继续创作的背景,说良缘都是好事多磨,不料一语成谶:"一曲惊弦弦顿绝,半轮破镜镜难圆。失群征雁斜阳外,羁旅愁人绝塞边。"果真丈夫因考试请人代笔,事发后被发配给伊犁士兵为奴。

乾隆四十九年（1784），她回到杭州娘家，在读者的催促下，才续写了第十七卷。

这一卷创作速度慢了很多，此时只能趁着白天暖和时创作，想来身体状况大不如前。

身为作者，自然可以左右角色的命运，但纵使是神，也无法写下自己的命运。对人生体悟已深的她，或许不愿再为一时的游戏心性续写离奇故事，也不愿再为别人的期待而匆匆写就结局。

陈端生说过，"婿不归，此书无完全之日也"，是未竟的原因之一（她至死没能再见他一面）。

谁知母亲又随后病逝。

苦难该到头了吧？想不到女儿出疹突然夭折，这最后的一根稻草压垮她，精神整不起来了——终究未竟全本，和《红楼梦》一样，成为永久的遗憾。

大约45岁时，她郁郁而终。与南宋另一位杭州才女朱淑真离世时一样的年纪。还不能算老。

十二年，经历几多生活重创，难过叠难过，那份气盛还剩多少？很难说清。

也许书未竟更深层的缘故不因才尽和苦难，回不去的，不仅是光阴。一连串的打击、莫测的变化让人多了对命运的恐惧。中年心境，于此，懂得的人自会懂得。

终归是对生活的绝望扼杀了创作欲——是要有多绝望，一个本性豪爽、一吐口就是数十万字的人，才再不

蒋村深秋　蒋跃绘

拈笔？

还记得李清照客居杭城二十年，竟无一字写西湖吗？那样的绝望。

就像一条鱼，对水死了心。

四

陈端生以均匀的速度，张弛有度的节奏，进行一场漫长叙述，让整个世界瞠目结舌。

每一回的切入口都不大，私人，小众，微观，仿佛桃花源"初极狭，才通人"的洞口，但跟随着指引性的叙述，读者视野便越来越宽广，而始觉别有洞天。她一重天一重天揭示，完满了人物。

第十七卷第六十七回九千余字，选取千字，不过管窥陈端生奇才罢了。

选取她33岁左右、回杭续写的部分，因其时她文笔恰是最佳处——十几岁年纪的青涩、开笔的拘谨，阅历的肤浅，都被磨得成熟，之后女儿夭折打击的颓唐也还未见踪影。

皇帝来了，所有人都慌了。这一折说的是之后发生的故事。

简述一下整部书的内容：

故事发生在元代昆明三大家族之间。孟丽君天性聪慧，是大夫孟士元的掌上明珠。她自幼饱览藏书，后许配公子皇甫少华，国丈之子刘奎璧爱慕不成，百般陷害孟氏、皇甫两家。

为此，她女扮男装更名应考，连中三元，官拜兵部尚书，因荐武艺高强的皇甫少华抵御外寇，大获全胜，少华封王，丽君位及宰相。

父兄翁婿同殿为臣，丽君却拒绝相认，终因醉酒暴露身份，她情急吐血，皇上得知，欲逼其为妃……最经典的，是一路铺垫出、却没写出的最后一折——孟丽君最终的命运。

好的叙事作品应是个八爪鱼，各种意象都得紧凑有力，钩挂连环，为那最终一击作滴水不漏的铺垫。读者不幸，没能喊出最后的喝彩。

续本中流传较广的，为杭州女诗人梁德绳与夫许宗彦续成的三卷。写丽君上本陈情，太后将她认成义女，嫁于少华为正室，三女共侍一夫——听到赐婚后，"丽君闻听心欢悦，满面羞容谢一声"。真与端生相违背。

正如《红楼梦》的续本一样，大团圆结局败坏了读者胃口。

然而，终究有其意义在——人们读书，总要有头有尾，否则便不能尽兴。

五

于当时而言，孟丽君的种种行为着实称得上惊世骇俗了。

比如：这一回之前，丽君的绣鞋落在天子手中，却并没多加思量，次日面对冒雨而来的天子，更是"无惧怯，没羞惭，举止襟怀坦坦然"。

不畏惧，不羞惭，这才是无声之惊雷，对女性贞节观的最深刻最彻底的背叛。

这一回中，皇帝虽知丽君女子身份，可能由于前番她的才干超群，被委以宰相之职，还挺胜任，难免心生爱慕，突袭丽君下榻处。欺君之罪是死罪，丽君道歉认罪之后，皇帝有意诱惑，让她为自己更衣。丽君惶恐跪拜，然而依然道出"天子圣人宜自重"这冒犯天威的话，不卑不亢，不从。

蒋村一角　蒋跃绘

这是一种怎样的从容大气！史上和文本中，即便男人，无论忠奸，可以犀利进谏，从未见臣子对天子于道德层面进行指摘。

被识破女身，天子令她进宫侍驾，丽君只愿为国家工作。这种自立自强的精神，拿到今天也会让人笑她傻——放过了多么好的机会！

陈端生笔下，对其思想中过于超前的部分，大都采取画中"留白"的手法，背面敷粉，烘云托月，于整部书的大开大合中，只让她自己的行为去说明她的世界观、人生观和爱情观，冗杂，也动人。

孟丽君以千面娇娃的姿态，在云南的红土地上蓬勃生长，有优点，也有缺点，唯其如此，才真实可贵：她时而娇憨粗粝，时而锋芒毕露；时而守静谦卑，时而得意自负；时而艳如桃李，时而冷若冰霜；时而官威十足，时而平易可爱；时而巧言令色，时而温良敦厚；侍君近而不嬉，同僚敬而亲睦，怒而不失其度，喜而不改其容……一改常见文本中旧时代女子形象。

读此书的感觉，可用《红楼梦》中黛玉读《西厢记》的感受来形容："词曲警人，余香满口"，到精彩处，心里默默记诵。

雄飞既久，怎堪雌伏？端生曾于书中暗自交代："何必嫁夫方妥适？就做个，一朝贤相也传名！"

所以，关于结局，我们更倾向于她谁都没嫁，做了个黄金剩女干事业。就在你我中间。

第五章

散文

导　言

中国六朝以来，为区别韵文与骈文，把凡不押韵、不重排偶的散体文章（包括经传史书），统称"散文"。后又泛指诗歌以外的所有文学体裁。

请假条、辞职信，如不写成诗词也算散文。

狭义的散文是种以记叙或抒情为主、取材广泛、笔法灵活、篇幅短小、情文并茂的文学样式。我们要品赏的属于这类。

各文学门类中，说起来，散文最宜与地域文化相结合，因为它灵活机动，无所不包，是文学的轻骑兵，可神游八荒，长短句无碍，于作家最可自由表现情绪感受的直接性、蕴藉文化内涵的丰富性，同时并不影响炼字和追求诗意——把散文当诗歌写，那再好不过了，散文不会因此责备你文体不分，反而会奖励你文笔好，境界高。所以，杭州古代散文赢在了起跑线上。为什么？因为所有的好作家都集中到这里来了呀。

杭州散文从南北朝吴均时期开始，星星之火，中间隔了唐宋白居易、欧阳修、范仲淹、吴自牧等时期的接

莫干山顶人家　蒋跃绘

续发展，一直到明清袁宏道、高濂、田汝成、张岱等时期的巅峰时刻，作家们热爱杭州、依恋杭州，写下《与朱元思书》《钱塘湖石记》《有美堂记》《严先生祠堂记》《梦粱录》《四时幽赏录》《西湖游览志》《西湖梦寻》……值得注意的是，有的只是名字有"西湖"，其实介绍对象并不局限于西湖。

西湖是杭州之心。

他们从美学角度去审视，记录下湖的神奇、江的秀丽、山的朗润、街市的琳琅满目。

他们从情感角度去审视，记录下对杭州的不舍、人与人的情意。

他们从哲学层面去审视，记录下自己对事物的思考、永存于世的公理。

……

散文的外延是无限的，门槛是极低的，然而要写好却没那么容易。世界之大，才人无数，稍不注意就嚼了别人的馍，出点彩，大不易。

可是，杭州的古代散文作家们却不畏险阻，一力创新，都有自己的面目。

当杭州遇到散文，天堂之地迎来了天籁之音。散文与杭州，是艺术世界与现实地理的交汇，对作家而言，杭州为他们提供了人生福地和施展舞台。对杭州而言，作家的散文提升了杭州名气，他们的人格魅力和人文修养也为杭州增添了深厚的人文气息。如此频繁出现的双赢现象，史上实属罕见。而杭州作为丰富多彩的散文宝库，已成为中国人民和世界人民共同的精神财富。

吴　均：六朝人物常载酒 百里秋光不含悲
——慢读《与朱元思书》

与朱元思书
〔南朝〕吴均

风烟俱净，天山共色。从流飘荡，任意东西。自富阳至桐庐一百许里，奇山异水，天下独绝。

水皆缥碧，千丈见底。游鱼细石，直视无碍。急湍甚箭，猛浪若奔。

夹岸高山，皆生寒树，负势竞上，互相轩邈，争高直指，千百成峰。泉水激石，泠泠作响；好鸟相鸣，嘤嘤成韵。蝉则千转不穷，猿则百叫无绝。鸢飞戾天者，望峰息心；经纶世务者，窥谷忘反。横柯上蔽，在昼犹昏；疏条交映，有时见日。

一

远在日本的著名汉诗诗人大沼枕山曾叹惋："一种风流吾最爱，六朝人物晚唐诗。"

青山湖深秋　蒋跃绘

他说的"六朝人物"中的六朝，指的是文学意义上的魏晋南北朝。那是中国史上政治最混乱，社会最苦痛、极解放、富智慧的一个时代，艺术的自觉和人的自觉同时呈现，人人向美而活，灵魂是国君，肉体是子民，而反击"非我"的一切，生命原始而丰满。

此时，文字美和人格美结合得最为完美的第一个文艺高峰出现了。

六朝人物大都是家世赫赫的公子哥儿，含着金汤匙出生，锦绣堆里长大。齐梁间的吴均却是个例外——家中不是一般的贫，是赤贫，一无所有，上溯多少代都是农民。

可他好读书，也不是一般的好读书，是酷好，不要命地爱读书，只要读不死就朝死里读的那类。因资源有限，他并不主读哪一类，手边捞到什么就读什么，读什么都恨不得吞进肚里去。如此废寝忘食，的确也为家里省了不少粮食。

这种只低头拉车不抬头看路式的读书法，使他空长了满腹学问，一直到而立之年，也没立起来——还是个老百姓。

梁武帝天监初年（502），也就是相传苏小小离世之年，他都30岁了，终于等到机会：朋友柳恽是吴兴（今属浙江湖州）太守，请他做州主簿。职位太闲，后来虽做过藩王的记室、国侍郎，也是闲职，混吃混喝而已。他不断写诗作文，带出不平之意。

都说"诗穷而后工"，忧境也可成为援助——公子哥儿们手下的文章，大都庄重凝练，奢靡华丽，兼具了贵气和兵气。就像颜色里的金色和大红色，自信，且带侵略性，但也相对死板，藻饰过度，形式大于内容。与他们的生活方式一脉相承，是一整个时代的审美观、创作观的呈现。

二

一时间，他的才华被广播四野：诗歌妙，散文精，写个鬼故事还前无古人——那关系，那变化，比鸡兔同笼还难算。

掐头去尾，梗概若此：

阳羡许彦遇到个小伙儿A，他从口里吐出个姑娘A，说是前任。许、男A、女A三人喝酒吃肉很是开心。小伙儿A喝醉睡着后，姑娘从口中吐出小伙儿B，说是前任。许、女A、男B三人喝酒吃肉很是开心。后来小伙儿A醒来，叫姑娘A一起睡。于是，小伙儿B也从口中吐出个姑娘B，说是前任。许、男B、女B三人喝酒吃肉很是开心。后来，小伙儿A终于有醒的意思了，小伙儿B赶紧将姑娘B吞进肚里，这时和小伙儿A一起睡的姑娘

A 醒了，将小伙儿 B 吞进肚里。"绿帽子王"小伙儿 A 对一切浑然不知，将姑娘 A 吞回肚里，美滋滋……

好嘛，神仙也不敢这样写啊！真可脚踢胡安、手锤略萨、气死马尔克斯。

说来凑巧，当时的执政者梁武帝萧衍也是个好读书的，且崇尚节俭，当了皇帝后，还是不讲究吃穿，一顶皇冠，一戴三年，不带换的，吃饭也喜欢蔬菜和豆类，而且每天只吃一顿饭，太忙时，就喝点粥充饥。

当他知道了吴均的才华和生活，很兴奋：这不就是另一个我嘛？于是调他进京，赐予奉朝请的官。虽是闲职，但地位高，可参加朝会，和宗室一个待遇，差不多看成自己的亲戚了。

到底是耿直 boy，不愿当这么个"亲戚"糊涂度日，想著书立言，以图不朽，兴致勃勃要撰写《齐书》，向武帝求借政府所藏的资料，不料没被批准，便偷偷写成，还献给了武帝。

本已不妥，又犯了大忌：他不懂为尊者讳，将武帝的不光彩事照实记录，难怪人家读了生气，将书稿一把火烧了，并一撸到底，免了他的职务。

从老百姓中来，尝了尝权贵咸淡，又回到老百姓中去。这滋味，还不如一直当个老百姓痛快。

三

他一步一步地行，不懂取巧。沉潜久了，就做到了从容含玩，文章如珠生于蚌，日渐生成，终得圆润。而蚌在于海，每当月明宵静，蚌则向月张开，以养其珠，珠得月华，始极光莹。

《与朱元思书》就是张开得最为华彩灿烂的一颗，光照万里。

风烟俱净，天山共色。

——风和烟都很干净，天和山融成了一种颜色。

开头既点季节，秋高气爽，又总写风景，风景被眼波推向远方，只现出大致轮廓。

这颜色是怎样的？大约是最美天青汝窑那样的吧？宋徽宗梦中所见——某日梦醒，降旨工匠：雨过天青云破处，这般颜色做将来。于是，玉般的釉色问世，秒杀众瓷。

桐庐春江之晨　蒋跃绘

作者所述，便是这般情境：风停雾散，天空见晴，山色温润，氤氲合一，青中泛蓝、青翠如脂的颜色一统了画面，隐现出冷暖适中、含蓄蕴藉、古玉般的光。

从流飘荡，任意东西。

——泛舟江上，随意漂流，好不自在！

自富阳至桐庐一百许里，奇山异水，天下独绝。

——一路行来，一百多里，所见富春江灵山丽水，山水甲天下。

至此，从风景到心情，都是概括，都是绝佳。

水皆缥碧，千丈见底。游鱼细石，直视无碍。急湍甚箭，猛浪若奔。

——江水澄澈，莹莹可爱，即便水深千丈也一览无余。水底铺着细小的沙粒，有鱼游弋嬉戏，都看得清晰。

作者笔锋一转，凝注写水，如音乐变奏，娴静转了活泼：从地理状况上看，江流自东而西，流经之处地势多变，有的江面开阔，地貌平缓，水波不兴，有的狭窄，江岸陡峻，急湍猛浪。江流比出箭还快，浪如骏马狂奔，可谓惊心动魄。

夹岸高山，皆生寒树，负势竞上，互相轩邈，争高直指，千百成峰。

——山山相连，夹岸排出，都生满树木，奇峰耸立，带着雄壮的气势朝上攀升，刺向青天。

一直是舟中视角，由水及山，平视转成仰视，再而变为远眺。

　　泉水激石，泠泠作响；好鸟相鸣，嘤嘤成韵。蝉则千转不穷，猿则百叫无绝。

——泉水喷溅到石头上，发出泠泠的声音。鸟儿相对而鸣，发出嘤嘤的声音。蝉鸣清亮，拖着长长的音节，猿声也啼叫个没完没了。

山水退到远处后，空间变得开阔，水流宽延，草木疏散，畅快地呼吸，要一个开阔的空间来容纳更多内容：泉水、鸟儿、蝉和猿，这些活物和它们的声音。泉音和鸟鸣，都清越而好听，和谐动人，蝉声和猿啼，都气足而长吟，唱和有序。

　　鸢飞戾天者，望峰息心；经纶世务者，窥谷忘反。

——那些沉迷功名利禄、渴望登上巅峰的人啊，望着这尖利的奇峰应该会感到无望，熄灭了野心；那些热衷政事、希图飞黄腾达的人啊，看着这无底的深谷应该会觉察危险，忘记了回返。

大自然伟力若此，全在眼前，所见引发所感，叹美之余，也叹贪峰难平、欲壑难填。作者仕途难行，不由不即景生情，自怜自警，也有劝诫世人的意思。实写的景观，虚写的心境，融为一体。

　　横柯上蔽，在昼犹昏；疏条交映，有时见日。

——横斜的枝丫相连，遮蔽得严实，白天也像黑夜；稀疏的枝条搭成阴影，有时阳光会透射下来。

植物高大繁盛，看过它们才知何为栋梁之材，也才会确信人类灭绝后，植物这种神奇之物会接管世界。透过树木去看天空与云，是奇特的感受。树木本身组成了风景——各色树木无论怎样组在一起，长着长着，树木自己就调度好风景的各个美好之处，彼此配合得恰到好处。

结尾与段首"皆生寒树"呼应，正写侧写交替，尽显勃勃生机。可以想见，大地还没经历砍伐和污染的样子。人在最初也被设计得干净完美，每根羽毛都闪耀光明。

整篇不过百余字，前面自由长短句，以清秀拔俗取胜，后面秉严谨骈体，神完气足，山水动植物，形、色、声、势无不备述得当，感触、感受生发无不自然妥帖，语言则天真憨变，面目可爱。因是与友人信中截取的，所以停笔突然，似意外跌落，本略显突兀，读来却有点缓势收敛、意犹未尽的错觉，也算歪打正着。

吴均出身寒门，蹉跎半生，在文学上却是无冕之王。他涉猎甚广，体裁多元：其诗作继承建安体慷慨悲凉的风格，成为唐朝边塞诗风的先声；写景散文将援手递到了明清小品；志怪小说绮思无两，读来虎虎生风，实话讲，远比后来某些黏黏糊糊的话本有意思，也不可能不影响了著名的《聊斋志异》——就算将《阳羡书生》纳入其中，不用通知蒲松龄，想来他也会高喊："同意！"

而行文冲淡、尺幅千里的《与朱元思书》，势必在杭州文学史和中国文学史上留下浓墨重彩的一笔。

白居易：观景不必惆怅客
洗心还须冷泉亭
——慢读《冷泉亭记》

冷泉亭记
〔唐〕白居易

东南山水，余杭郡为最。就郡言，灵隐寺为尤。由寺观，冷泉亭为甲。亭在山下水中央，寺西南隅。高不倍寻，广不累丈；而撮奇得要，地搜胜概，物无遁形。

春之日，吾爱其草熏熏，木欣欣，可以导和纳粹，畅人血气。夏之夜，吾爱其泉渟渟，风泠泠，可以蠲烦析酲，起人心情。山树为盖，岩石为屏，云从栋生，水与阶平。坐而玩之者，可濯足于床下；卧而狎之者，可垂钓于枕上。矧又潺湲洁彻，粹冷柔滑。若俗士，若道人，眼耳之尘，心舌之垢，不待盥涤，见辄除去。潜利阴益，可胜言哉？斯所以最余杭而甲灵隐也。

杭自郡城抵四封，丛山复湖，易为形胜。先是，领郡者，有相里君造作虚白亭，有韩仆射皋作候仙亭，有裴庶子棠棣作观风亭，有卢给事元辅作见山亭，及右司郎中河南元藇最后作此亭。于是五亭相望,如指之列,可谓佳境殚矣,能事毕矣。后来者,虽有敏心巧目,无所加焉。故吾继之,述而不作。长庆三年八月十三日记。

一

白居易刚到长安时,曾被老前辈顾况玩笑提醒长安居大不易,其实,来到杭州,修浚西湖,有更大的不易等着他。

杭州上任伊始,他便知那么美的西湖竟成了祸害——逢旱年,水太少,无法灌溉,湖畔禾苗尽枯;雨丰沛,则满而溢,湖畔禾苗淹死,房屋被毁。

于是,经反复论证,他计划修一条堤防,平日蓄水,以备旱时;暴雨之日,则开闸放水,以减水灾。然而,方案一出,便遭到反对。

他记录了当时的场景:"俗云决放湖水,不利钱唐县官,县官多假他辞以惑刺史。或云鱼龙无所托,或云茭菱失其利",意谓:

当地有个风俗,如湖水被人为放出,将不利于地方官的命运。于是本地官员纷纷阻挠,有的说水里的鱼类甚至龙王将无所依托,有的说湖里的莲藕菱角从此会枯萎。

——史上从不缺庸臣,更不缺自己不做事、还阻挠能臣做事的庸臣。

可是,只一句话,他便堵住了众人之口:"且鱼龙与生民之命孰急？茭菱与稻粮之利孰多？断可知矣。"

民生为大。这点道理不是为官的基本觉悟吗？

他力排众议，召集工人船夫，日夜不停，艰难施工，坚持数月修成湖堤，从此锁住水害，还灌溉了杭州大部分稻田。

二

唐朝的杭州官府还有个不成文的规矩：每来一任地方官，必会在好山好水处建座亭子。白居易也想筑亭留念，询问朋友韬光法师，要做的这件事怎么样。不料法师强烈反对，说亭子常年累积，已经太多。白居易立刻醒悟，知道过犹不及，亭子都快成了一害，大煞风景。

他果断决定：只对旧亭进行整修，不再建造新的。

筑亭寓志，不如诗文明志。于是，他一手抓城建项目上马，一手抓旅游资源开发，疏浚西湖之余，为灵隐寺中的冷泉亭写了题记。

东南地区的山水胜景，余杭郡的最好，在郡里，灵隐寺的景致最为突出；寺庙中，冷泉亭第一。

——首句很像"江南忆，最忆是杭州……"，这个"最"那个"最"，说明所绘事物之美，也说明对其感情之深。

冷泉亭在灵隐山下，石门涧中央，灵隐寺西南角。高不到十六尺，宽不超过两丈，虽小，可位置绝佳，登临望远一览无余，什么都漏不下。

——点出方位,强调其小而作用巨大。欲扬先抑。

它花儿香、林儿密,它春天美、夏天美——春天的空气好,可以滋养精神,气血畅;夏天的泉水清,风儿凉,可以祛烦醒酒,心情爽。

——第二段开始便亮开抒情男高音的歌喉,颂扬它总的好处,并慢剖细节,说环境之清幽,起坐行卧乐享其中:

树木如亭的大伞,岩石似亭的护卫,云在亭上飘,水与台阶齐平。坐可用亭椅下清泉洗脚;卧可在枕上垂竿钓鱼。涧水凉而柔滑,在眼下流过。

——静物有树石,流动有云水,可濯足可垂钓……是神仙也向往的地方。无非泉清树绿草木香风清凉,就很高兴。没什么深意,既不写时间,不忧伤被贬,也不

冷泉亭

叹青春易逝。

人在美句里穿行，似乎五脏六腑都放对了位置，也是一次精神瑜伽，心中有举世滔滔的虚无感。

不论红尘中人、出家人，看到的、听到的邪恶门道，想着的、要说的肮脏心思，不用清洗，一见冷泉就能除去尘垢。不知不觉中，它给人的好处无法言尽。所以说：冷泉亭是余杭郡最美的地方、灵隐寺第一去处啊！

——纯粹的论述，将读者代入情境，也让前面的赞辞有了落脚之处。

余杭郡从郡城到四郊，山连山湖连湖，有极多秀美之地。过去在这里做太守的，有位相里君筑虚白亭；仆射韩皋筑候仙亭；庶子裴棠棣筑观风亭；给事卢元辅筑见山亭；右司郎中河南人元藇筑冷泉亭。五亭相望，像五指排列，全郡美景都在这里，要筑的亭子已全筑好。后来主持郡政的人，就算有巧思和眼光，也加不上什么了，所以我到这里后，只整修，不再添造新的。长庆三年八月十三日记。

——最后，作者的眼光荡开去，由此亭到彼亭，历数前任筑亭的功绩，谦虚自抑，具志乘的诚实，也暗点不再筑亭的原因。

景色到这里就到头了，能做的事到这里也到头了。情感高昂处如登顶，然后似山顶日暮，天光渐黑，而抬脚下山，找到台阶，再慢慢拾阶而下，到开阔处，夜色已平铺开来，将大地褶皱一一抚平。

前后对照，整篇情景互映，致理交融，语言先文采飞扬，后如叙家常，层层铺垫，转场自然，读来极度舒适。

读古诗文除了学习品赏，更重要的意义是感受古人是怎么生活的，他们怎样思考、做事，怎样悲、喜、感应四季万物。这是件美妙的事。

三

他不仅写了《冷泉亭记》，还写了"冷泉"二字，勒刻在亭上。

题字有点怪。文不对题，似语未尽。他却丢开笔，不予理会。

中间又空了二百余年，像奇妙的跨时空合作，或者说一次遥相致意的把酒言欢，另一位杭州市长来了，接过白居易递来的接力笔，补上了"亭"字，完成了这一书法力作。

他就是苏轼。也像一位外星人，其性情之真、才华之赡、对杭州的贡献之大……都不亚于白居易。

白居易等来了苏东坡，匾额就此完整。冷泉亭圆满起来，灵隐寺圆满起来。今日，两大文学巨擘的题字虽已不存，杭州却又生一段千古不灭的美好文缘。

范仲淹：浊酒携来踏明月
江山推却钓大泽
——慢读《严先生祠堂记》

严先生祠堂记
〔北宋〕范仲淹

先生，汉光武之故人也。相尚以道。及帝握《赤符》，乘六龙，得圣人之时，臣妾亿兆，天下孰加焉？惟先生以节高之。既而动星象，归江湖，得圣人之清。泥涂轩冕，天下孰加焉？惟光武以礼下之。

在《蛊》之上九，众方有为，而独"不事王侯，高尚其事"，先生以之。在《屯》之初九，阳德方亨，而能"以贵下贱，大得民也"，光武以之。盖先生之心，出乎日月之上；光武之量，包乎天地之外。微先生，不能成光武之大，微光武，岂能遂先生之高哉？而使贪夫廉，懦夫立，是大有功于名教也。

仲淹来守是邦，始构堂而奠焉，乃复为其后者四家，以奉祠事。又从而歌曰："云山苍苍，江水泱泱，先生之风，山高水长！"

一

中国遍布思范亭、思范坊、范公祠,杭州孤山上也建有范公亭。一个人得万众爱戴,被世代有志官员视作理想,不是没有缘由的。

范公是全能型的楷模:在布衣为名士,在州县为能吏,在边境为名将,在朝廷为栋梁。兴化(今江苏泰州)主政三年,兴化百姓情愿改姓"范"来永久纪念他。

用句通俗的套语来说,他是一个高尚的人,一个纯粹的人,一个有道德的人,一个脱离了低级趣味的人,一个有益于人民的人。

中正行事的不少,到这个地步的不多。除了当代周恩来周公,就是范仲淹范公了——人们如此称呼的官员极为罕见。

一帆风顺 蒋跃绘

他一生为弱者呼号奔命，从不考虑将陷自己于怎样的危险。损有余而补不足，是天道。有的人之所以伟大，在于顺应天道。反之，则天谴之。

他们也知道安逸好，做吃货过瘾，屋子大了敞亮……可人民受难、人民受苦他们受不了。廉洁，勤政，他们如此自律，就像他小时贫寒，早晚粥块充饥，却谢绝别人送来的美食一样——当时范公还是个孩子，可他说："我不能接受，因为怕回头吃不惯自己的粥了。"

就此意志之坚韧、克己之谨严而言，世间几人可做到？

如同面对满屋子人民币，没人监视，却管住自己，不伸手。

一直到死，他们还将"为人民服务"的胸牌戴在心口。

我们不该忘记他们。

二

二次被贬对范公的打击还是蛮大的，第一次被贬是自请出京。辞职和被辞职，滋味大有不同。

一年四季里，人只有等到秋天，才终于活出些远意来。就像人到中年。45岁，他早就心胸大得可以装得下天下了。

严光与刘秀是好友，一起创过业，一起扛过枪。后来刘秀做了皇帝，严子陵便改名退隐山林，下落不明。刘秀凭记忆向画师备述其容貌，派人拿画像四处寻找。在桐庐郡发现他后，多次征召都被谢绝。

严先生沉溺山水，粪土功名，诱惑之物从来没能叨扰到他。

到任做的第一件事，就是建他的祠堂。因此每个字在动笔之前就已浸透景仰。

首先，作者说明严子陵与光武帝的关系：老朋友，因道义上的彼此认同而走到了一起，是生死与共过的好兄弟。

——这里，交代友谊是怎样炼成的很有必要。他们志同道合，而肝胆相照，才彼此依赖。

后来，光武帝得到预言性质的赤伏符，乘驾六龙阳气，登极称帝，成了一国之君。那时候，整个天下都是他的，每寸土地、每个人都归他管，日头底下，就没有能比得上他权力之大的，只有严先生，以节操来尊崇他。

——行文至此，说光武帝的威风，是为最后做铺垫：只有严先生，他不以荣禄来分辨人、来交友，只以节操品德来识人，来尊敬或鄙夷一个人。

先生触动星象，归隐江湖，回到富春江畔，保持清洁精神，达到圣人境界。视官爵为泥土，天下谁能比得上呢？只有光武帝以礼节来对待他。

天下碌碌而不事王侯，以守高尚；阳气亨通而以贵交贱，天下归心。两人都符合易经天道。先生高洁，有如日月，光武帝雅量，有如天地。如果不是先生就不能成就光武帝气量宏大；如果不是光武帝，怎能促成先生品质的崇高？先生的作为使贪婪的人清廉，胆

湿地秋色 蒋跃绘

怯的人勇敢，对维护礼义教化有功劳。

——反复歌颂严先生的高尚情操，也顺便歌颂光武帝的高尚情操。作者像个裁判，不断转换角度，轮换主场，进行总结性论述，肯定严先生行为的意义，有树立典型人物、弘扬时代精神的意味，层层递进，将热烈气氛推向了高潮。

我任职后，建祠堂纪念先生，免除了先生后裔的徭役，使之只负责祭祀。我写了一首歌：

云雾缭绕的高山，郁郁苍苍，大江的水浩浩荡荡，先生的品德啊，比高山还高，比长江还长。

——最后以一句高山流水式的赞歌结起,增加了浪漫成分,余韵不绝。

开头的安静平实、娓娓道来,如第一乐章,呈示部行云流水,轻松快板作引子,提出主题和副题。

中间的引经据典、夹叙夹议,如第二乐章,展开部变奏,主题副题演变、加深,慢板跟上。

再往后的正面评价、推及顶峰,如第三乐章,再现部节奏突然活跃明确,强烈重现主题旋律,重现副题,由温柔转为热烈,奏出雄强之音。

最后的逸笔浩荡、高声赞美,如第四乐章,结束部柔和尾奏,回旋曲式重复点题……

全文恰好符合了交响乐的大致结构。

而范公节操,恰如严先生,还要高于严先生,像空谷幽兰,当万物享受春天时,兰却沉得住气,关起门来,将花朵向着自心一点点打开……不为外物所役,不为权势所欺,不为财帛所动,只为苍生而忧而乐。

因为特异的高风亮节,哪怕他主政桐庐郡只有短短的半年,却让百姓怀念了一千年,还要一千年,不能止息。

欧阳修：闲笔抛得天外去 空樽捧出月光来
——慢读《有美堂记》

有美堂记

〔北宋〕欧阳修

嘉祐二年，龙图阁直学士、尚书吏部郎中梅公出守于杭，于其行也，天子宠之以诗，于是始作有美之堂。盖取赐诗之首章而名之，以为杭人之荣。然公之甚爱斯堂也，虽去而不忘。今年，自金陵遣人走京师，命予志之，其请至六七而不倦。予乃为之言曰：

夫举天下之至美与其乐，有不得而兼焉者多矣。故穷山水登临之美者，必之乎宽闲之野、寂寞之乡而后得焉；览人物之盛丽，夸都邑之雄富者，必据乎四达之冲、舟车之会而后足焉。盖彼放心于物外，而此娱意于繁华，二者各有适焉。然其为乐，不得而兼也。

今夫所谓罗浮、天台、衡岳、庐阜、洞庭之广，三峡之险，号为东南奇伟秀绝者，乃皆在乎下州小邑、僻陋之邦。此幽潜之士、穷愁放逐之臣之所乐也。若乃四方之所聚，百货之所交，物盛人众，为一都会，而又能兼有山水之美以资富贵之娱者，惟金陵、钱塘，然二邦皆僭窃于乱世。及圣宋受命，海内为一，金陵以后服见诛，今其江山虽在，而颓垣废址，荒烟野草，过而览者，莫不为之踌躇而凄怆。独钱塘自五代时知尊中国，效臣顺；及其亡也，顿首请命，不烦干戈。今其民幸富完安乐。又其俗习工巧，邑屋华丽，盖十余万家。环以湖山，左右映带。而闽商海贾，风帆浪舶，出入于江涛浩渺、烟云杳霭之间，可谓盛矣！

而临是邦者，必皆朝廷公卿大臣若天子之侍从，又有四方游士为之宾客，故喜占形胜，治亭榭，相与极游览之娱。然其于所取，有得于此者必有遗于彼。独所谓有美堂者，山水登临之美，人物邑居之繁，一寓目而尽得之。盖钱塘兼有天下之美，而斯堂者又尽得钱塘之美焉。宜乎公之甚爱而难忘也。

梅公清慎，好学君子也。视其所好，可以知其人焉。

四年八月丁亥，庐陵欧阳修记。

一

欧阳修给自己取过两个"外号"：

一是醉翁，被贬滁州（今安徽滁州）时取的。在那里他写山水之乐、宴酣之乐、禽鸟之乐……总之，乐。

当时他年龄也才三十来岁。自呼为翁，有心老了的意思。被贬原因说起来冤得很。

庆历五年（1045），范仲淹改革失败被贬，欧阳修顶风而上，上疏为之鸣不平，被官家盛怒驳回。这还不算，此时又有人污蔑他与族中的外甥女私通，后虽澄清，但大伤元气——其实后来他61岁自请出京那次，也是小人诬陷他与儿媳私通，而猝临大难。

遭遇事业和生活双重的滑铁卢，如此惨重，他却从山水中找快乐。

二是六一居士，63岁时不接受任命打算辞官时取的。意思是：集古一千卷，藏书一万卷，琴一张，棋一局，酒一壶，以一翁老于五物间。总之，还是个乐。

贬谪让很多人钻进牛角尖，再也逃不出黑洞，折堕了，一生就算白过了。相反，他对宇宙万物取赏爱的态度，逆境里也野蛮生长。这不容易。

与好友范仲淹差不多，他幼年孤寒，4岁父亲去世，家贫如洗，多年苦熬，终获功名。

从25—65岁，他出仕41个年头，减去居丧的2年，39年遭贬12次，18年，占去工作年限的一半。然而任何势力都奈何不了他。所以史上说他是东坡的前身也有几分道理。

二

他是多么杰出的文学家！可读书人求见，他从不聊文学，只谈政务。他认为，文学对自身有益，而政务却对百姓有益。就算被贬为县令时，他也将前任官员已判定的案卷反复审核，这件枯燥的事占去了他大量时间。

欧阳修为师的风范更是无人可比，他当得起这个"师"字——孔孟之下，这样的人不多。

他是苏轼那届考生的主考官，这真是苏轼的幸运。

科举考试中，苏轼用了一个典故，试官们谁也不知道出处，发榜后，苏轼第二，苏洵带着两个儿子去他那里拜谢恩师。

他纳闷啊，于是问苏轼，那个大家都不知道的典故出于何书？苏轼答在某处。事后他查来查去，查不到，叫着学生们一起又再行查找。

苏轼没想到他这么认真，只好搪塞说，想当然耳。

他非但没急，反而赞美。在家中还对儿子说："你

——
湿地春秋　蒋跃绘

记着我的话哈，三十年后，世上的人知道苏轼，而不知道我。"

欧阳修之后，唐宋八大家中的其他五位，无一例外，都出于他的门下，神奇到不行。

活着的，拼力提携；死了的，回护全家。这老师当得够意思。

这心胸，这人格，没有理由不成为一代文宗。

而他最著名的轶事都跟行文简洁有关，譬如《醉翁亭记》的开头，由几十个字减到"环滁皆山也"五个字。让后辈至今崇尚简洁，喜欢短句子。

他炼字的程度都到了玩儿命的地步。

《有美堂记》也是玩儿命炼字的典范之作。

三

此篇仍围绕"乐"字展开。

有美堂在杭州吴山上，是曾任知州的梅挚建的。宋仁宗诗曰："地有吴山美，东南第一州"，有美堂由此得名。

梅挚离杭后，先后六七次差人到汴京，请欧阳修写碑记，终于到手。

第一段说这个背景，平静无奇，就像两人面对大海，各自把人生里发生的事过一遍，而心广阔，比海水还要渺远。

作者淡笔起势,正如《红楼梦》联诗,凤姐一句"一夜北风紧",正是会作诗的来头,留下多少空间给后面:

　　天下大美,及借此得的快乐,常不能兼得。穷尽山水只有登临才获取的美,须到旷野和远地;而人物富丽、都市兴盛之美,须寻找、劳顿才能得到。或超然物外,或属意繁华,都很好而不能兼得。

　　——从第二段起,将有美堂抛开,如醉翁之意不在酒,自顾自发散开去,开始谈乐在哪里,似与主题八竿子打不着了:

　　罗浮、天台、衡岳、庐阜,宽阔的洞庭,险峻的三峡,这些东南奇秀都在小地方、落后地区,交通不便,条件艰苦,虽美但不乐。是专门为隐士、放逐者准备的。要在便利富庶处找、且给富人准备,只有金陵、钱塘了,可都被乱世侵害。宋朝皇帝受于天命,统一了海内,金陵归附较晚,古建虽在,残破被荒草湮没的不少,见过那种情形的,都为此踌躇难过。

　　——第三段前段,也许因没见过有美堂,这空中楼阁怎么造啊?作者索性放飞自我,将语句抛向更远的有形之物:

　　那么,中国五代以来闻名海内的只剩钱塘了。究其因是吴越国能识时务归顺,免于战争。目前百姓生活富裕安定,幸福感强,人们精于工艺,城建漂亮,房屋多达十万多座,掩映在西湖和山林中,让人喜爱。码头上有福建来的商船,穿梭于江海之间,兴旺发达。

　　——作者开口,金属发声,银河迢迢,哗然而动:时光这样无染而慷慨,将一个地方雕凿得近乎完美。他

西溪 蒋跃绘

总结杭州的和平之乐、民富之乐、城建有序之乐、山水环抱之乐、商埠繁华之乐……说明有美堂所处环境既美且乐，呼应第一段所说，反衬杭州一应俱足的珍贵：

> 到这里来的，不是朝廷大员就是宫中侍从，还有来自各地爱旅游的人，大家寻找好地方，筑起亭台水榭。聚会时还能看风景，享山水之乐。在其他地方看不全，但在有美堂上却不一般，登高望远，山水之美和物产之盛都会尽收眼底，一眼就能饱览全部胜景！人说钱塘兼有天下之美，而有美堂又兼有钱塘之美，这就是梅先生喜欢有美堂而不能忘怀的原因啊。

——想在最佳视角看风光，作者倾情推荐有美堂。

让现代人作篇游记，是从学生到成年人都倍感痛苦的事。不是观察不细致，就是下笔不优美。古人写游记一样痛苦，创新不易，但在欧阳修这儿都不是问题。

此篇收放自如，形散神聚为一大特点，平实为另一大特点，像个略嫌寡淡的人，不见典，没有赋，借园林景观小品起意，道出一番道理。

修建者梅挚，起名者宋仁宗，后人想起的却不是他们——一篇《有美堂记》，记住的是欧阳修。正如重修岳阳楼的是滕子京，而后人记住的是写《岳阳楼记》的范仲淹一样。

张　岱：大雪洁白共今古　天地笼统一孤舟
——慢读《湖心亭看雪》

湖心亭看雪
〔明〕张岱

崇祯五年十二月，余住西湖。大雪三日，湖中人鸟声俱绝。是日更定矣，余挐一小舟，拥毳衣炉火，独往湖心亭看雪。雾凇沆砀，天与云与山与水，上下一白。湖上影子，惟长堤一痕、湖心亭一点、与余舟一芥，舟中人两三粒而已。

到亭上，有两人铺毡对坐，一童子烧酒炉正沸。见余，大喜曰："湖中焉得更有此人！"拉余同饮。余强饮三大白而别。问其姓氏，是金陵人，客此。及下船，舟子喃喃曰："莫说相公痴，更有痴似相公者！"

一

"蜀人张岱，陶庵其号也。少为纨绔子弟，极爱繁华，好精舍，好美婢，好娈童，好鲜衣，好美食，好骏马，好华灯,好烟火,好梨园,好鼓吹,好古董,好花鸟,兼以茶淫橘虐,书蠹诗魔,劳碌半生,皆成梦幻……"

这是什么?回忆录?吟风弄月小品文?还是寄给友人的一封信?

都不是。它是张岱为自己所写墓志铭的开头。

张老先生真与众不同,古人大都忌讳死亡,他活得硬硬朗朗,却早早给自己写了墓志铭,刻录其上,就差一具好寿材,等闭目之时直接装了,一埋了事。

首先,为老爷子的诚实赞一个。他给自己作传不唯好词,只有坏词,充满自嘲,甚至连"好娈童"易引群攻的话也照说不误,堪比卢梭《忏悔录》。不藏拙自揭短,只此一点便胜过伪君子无数。

然自嘲非自贱,他自知前半生才华横溢,是真名士。

其次,从墓志铭中可得知其少时生长环境。张岱是名副其实的官N代,祖上都是官,均为饱学大儒,兼家境优渥,养得性情无羁。

自其祖父起,便蓄声伎,代代颜控,代代声色犬马。而高烛常烧,照耀宾朋,明艳恍惚,像个传说。

崇祯十七年(1644)之前的张岱,早上一睁眼,几十号人就看着他的脸紧张伺候,而他目光所及春色如许:美妓姣童,诗酒歌吹。日月长,天地阔,闲快活,再无别求……妥妥一个贾宝玉。

太阳当空照,花儿对他笑。这样的日子,又有聊又无聊，又喧嚣又安静，似乎没个尽头。

大时代的变化往往成就小人物的起落沉浮，有人投机获利，更多人受尽苦楚。明朝遗少张岱在他的 47 岁时，人生断崖式下跌，从缤纷到漆黑，一切全完了。

这一年，李自成攻入北京，崇祯自缢而死，明朝灭亡。

张岱始终不与新王朝合作——算不得铮铮铁骨，倒也配宁为玉碎。

世不能容，索性避乱山中，举火为炊，裁叶为衣，与碎几、破琴为伴，诗念得少了，野菜吃得多了，一口气挑粪上山种菜也有劲了……他很快就状如农夫甚至乞丐了，再也不"三不吃"：非时鲜不吃、非特产不吃、非精致烹调不吃——他什么都吃了。有时什么都吃不到。人到落魄，没那么多穷讲究。

总之，一双粗糙大手，代表着彻底和那个朝代、那个阶级决裂，背后沉重的朱门吱呀呀向他关闭，他同样心意决绝，一去不回。

真正的勇，不是敢于得，而是敢于舍。权力至上的社会里，有着清醒意识和思辨能力的人历来都是痛苦的。他们中的大多数，最终同流合污，放弃尊严和抗争，选择坐着或跪着。只有少数勇者，敢于站起来，对庞大的权力机构说不，拂袖而去，离群索居，对一切无常泰然领受。比如陶潜和张岱。

虽则爱玩，但张岱不是废柴，《夜航船》就是他"玩"出的大作品。皇皇二十卷，四千多个小故事，笔霸蛮，趣横生，远超而今的大神级段子手。

江南水乡,长夜苦旅,客人船上随意聊天,打发长夜的寂寞,无论题材,更无身份限制。农夫口中野趣连绵,士人讲来文气四溢。

而张岱最重要的著作为《陶庵梦忆》,可谓明清小品中的神品。"小品"对应"大品",本佛家语,谓佛经的略本,晚明开始,世道零落,文士逃禅,笔下多隐逸。

此书内容芜杂,茶楼酒肆、说书演戏、斗鸡养鸟、放灯迎神、山水风景、工艺书画……无所不含,俨然一幅文字版的《清明上河图》。

为大家所熟知的《湖心亭看雪》便是其中局部。

二

西湖是不能下雪的,因为……要美死人的。

雪是冬的形象大使,雪景在诗词中常秉寂冷之貌,如"千山鸟飞绝,万径人踪灭"般,因而人在面对寒冷的自然时,常感伤而自觉卑小。

其实"一切景语皆情语",人心倘若闲适安然,洒脱通达,移情入景,景也尽着人情,变得美好,可以亲近。

昔有谣称:"西湖之胜,晴湖不如雨湖,雨湖不如月湖,月湖不如雪湖。"诚如斯言。想来夜幕低垂,漫天雪飞,山水一体,天地相映,杨柳铁线勾勒,上浮层雪,反显肿胖,鸟兽俱寂,隐匿无痕,不坏雪之圆融。雪中断桥隐现,湖上孤舟缓行,偌大世界无灯而明澈,无花自妖娆,天地万象不分彼此,往日里汝高他低,诸生介隙,都如蝉蜕褪去,余下的,皆顺时惜物的和平。

这场景很像张艺谋的电影空镜头,干净唯美。

张岱白描,将个雪湖画得如同水晶仙宫:

遇罕见大雪,夜游西湖,赏雪景,已是乐事,却不想,遇到相同雅兴、深知雪趣的朋友,更是难得的意外收获,又一乐事。

"见余,大喜",何尝不是张岱见到他们也大喜,冰天雪地,酒逢知己,本无酒量,也强饮三大杯,何须在意是否相识?知交零落,他乡遇同好,饮酒作乐,又何尝不是人生大快人心事!

张岱赏雪于他人不知赏时。

大雪多日,这日仍飞泻不歇,仿佛排练了一年的舞蹈,方得登台,不依不饶,非要舞得天昏地暗才肯罢休。湖上茫茫一片,白得泛光,将湖上人家远近高低照得明明白白——有几枚晚睡的人家,灯光从糊满窗纸的小窗透出来,暗红,闪耀,如星星掉落人间。

四野色彩消失,声音消失,人的活动也消失了,所有的生机和活力也消失了……半夜时分,人们都在享受世俗之乐:拥着火炉,睡觉,或饮酒,吃热腾腾的宵夜……总之,以冷夜而身暖而开心。

天地静,音尘绝,孤到万物止息,冷则折胶堕指,却起意出外,并不约人。这雪看得简直豪情万丈。

人呵出的气到空中马上就被凝固了,耳边是呼呼的风声,虽冷而吾往,这本身就很独特,与他说的"独往"不相悖。"独"不是指数字上的人数(还有小童、舟子

孤山湖心亭　韩盛摄

等人呢），而是自己的想法，自己的精神境界——后来舟子的"喃喃"言说"相公痴"的不解，也说明了审美和思想能力不在一个层次，所以，起身时，作者是有孤独感的，有点清高自许，也有点雪夜访戴的随性。

及至湖上，"上下一白"，四个字一铺，真是无字天书。他与这山水雪色同一，不分彼此，人与自然不仅和谐统一，还陡生愉悦宽和——与心理学相关，与大自然的巨大力量和不可思议的美好相关：人在面对自然时的欣赏体悟与自然的大美相互映衬、相互应和，愉悦油然而生。

此时那一丝若有若无的孤独感已经一扫而光——这种大荡涤之下，根本没什么遗憾和矫情的存身之处。

这是《湖心亭看雪》所以高妙绝尘的第一层。

再以影片作比：上半部分全程黑白画面，宽幅，无配乐，背景乐则为《广陵散》，大量长镜头，景深多变幻，镜头语言表达的强度、广度、完成度都几近完美。如果说雪西湖为西湖四时景观之最美，那么，此篇则传出了雪西湖的神，使西湖美到没朋友。

本文之所以好看，令人念念不忘，更是因为"不孤独"。

看他下半部分写到的人，"金陵客"：

张岱本以为到湖心亭看雪是"独往"，却不想在亭中遇见了同好，彼此见面，惊喜非常：哇，湖上居然有此超凡脱俗之人（我们都是有高雅情趣的人呐）！哇，湖上居然有此志同道合之人（难得难得）！哇，我们都是超人（我骄傲）！你看，罕见大雪中的西湖美死了，我们竟有缘看到（好大的福气）！……

——写金陵客见"我"之喜，其实也是"我"见金陵客之喜。

人世求荣同贵、勾肩搭背的情谊，终有些机关算尽的意思，倒不如此偶遇的无欲无求：此境此人，都来得刚刚好，有这些"好"垫底，双方兴致都更加高昂，于是同赏雪景，把酒言欢，随后飘然离去。可以想见，言的定不干官场浮华，也无涉人事纠纷，而是些最纯粹的人间美好，譬如眼前大雪。

离去其时，内心有剔除色相后的空白，又柔又暖的东西，似云，似水，如忽而悟到的禅宗，此世荣枯都不见，当下只剩淡淡喜悦。淡淡喜悦比大喜要好上许多倍。

作者的"痴"，恰是对自然的"深情"，是将人的感性自我在自然中尽情舒展张扬，将主体与客体完美结合,从而散发出的浪漫主义气息,闪烁着人的生命光芒和自由精神。

而"莫说相公痴,更有痴似相公者",暗写:我有这样的真性情,他人也有,这是心灵的"不孤独",这样的不孤独,不孤傲,在文学史里真是难得。

写此文时,明已亡,清已立,但张岱仍以崇祯纪年,不难看出故国之思。但也仅仅是纪年上的缅怀而已,文内没有惆怅。张岱也忧郁,也孤独,为国,为家,于无声处,暗掩风雷。

张岱说过:"人无癖,不可与之交,以其无真情也;人无疵,不可与之交,以其无真气也。"他自己有癖也有疵,喜欢的也是不虚伪的人——这两个金陵客的所作所为,是作者赞许的真性情:"拉"自己饮酒,自己的"强饮"也暗点金陵客的豪爽,雪夜看湖这个想法与作者也相同,焉得不喜?所以,如说他感觉孤独,说"拉""强"是被迫,有些牵强。一口气喝三大杯,不可能不高兴啊——不喜欢肯定推脱了,况且对陌生人,没有勉强自己去迎合的道理。"强饮三大杯而别",喝完酒说再见,也不应该是不高兴、赶紧走,反如雪夜访戴,兴尽而归而已。

再看他写的景:

张岱特别善用数目字,连顺序都不可以错。如果这样安排:"湖上影子,惟舟中人两三个、余舟一艘、湖心亭一座、长堤一条",越来越清晰,越来越大,倒是符合人的心理需求,然诗意顿失;而"长堤一痕、湖心亭一点、与余舟一芥,舟中人两三粒"中的"痕""点""芥""粒",就是想把后面的景物写得很小很小,好和前面的"上下一白"形成对比。

他又特别善用介词——虽然全文惜字如金，看"天与云与山与水"句，连用三个"与"，并不多余，它将"天、云、山、水"四个景物做无缝连接，造就了天地苍茫的大气象，如果去掉，好像景物之间的界限很清楚似的，味道全无了。语感是阅读的灵魂，对文字的敏感和敏锐感知，需要天赋和大量的阅读培养。带着和去掉介词，可以试着读读——有这四个"与"，这一句才文气饱满，后文的"上下一白"也才衬得更有气势。

而"上下一白"，字面圆满盛大，如同哲学里掺和了宗教，肃穆又端庄。

"上下一白"是雪对世界的重新捏塑，一切都为"上下一白"服务，一切都在增益"上下一白"——"上下一白"，无天无地，又处处即天地，恍然宇宙苍茫无际，人格外渺小，而融入其中，天人合一。"上下一白"是文字内的中心，"天人合一"是文字外的中心。四字了了，为雪西湖大美之所在。正如唯美是此文面貌的好，雄阔才是它的灵魂所在。

三

面对万物，只能记录它的一瞬和局部。刻录到的有关它的时间太短，有关它的体积也太小，所以，艺术家常体察到自己的卑微，以及面对神迹的无力。

面对一场创世纪似的大雪，感觉也是一样。

如同本文的惜字如金，平素他动笔不算勤。对于准备写到死的人来说，写作需要节制，因为它将耗尽创作人的一生。

第六章

楹联

导　言

源于律诗中的对句的楹联，作为中国独有的文学样式，成为大诗歌概念中的一个重要组成部分，杭州楹联文化则以惊人之姿，傲立于古代文学之林。

楹联对句的形式感带来审美冲击，文采、音韵、意境、书法载体等带来审美延长，其雅俗共赏则带来大量的欣赏者和创作者，至今无减。

初唐，宋之问在诗中写下"楼观沧海日，门对浙江潮""桂子月中落，天香云外飘"二联，而杭州早期对联相传系苏轼仕杭时所作，即位于孤山岁寒岩上的联语："爵比郭令公，历中书二十四考；寿同广成子，住崆峒万八千年。"

任何艺术家离不开特定的创作环境。杭州这个被称作"销金锅儿"的地方，一向民殷财阜——从隋唐开始，就成为"势雄江海"的东南名郡，中唐后，品茗、游览胜迹等逐渐成了杭州文人士大夫的生活内容之一，宋时尤其突出，日常吟咏成为习惯。杭州繁华让人流连忘返，西湖美景让人倾江海之才由衷赞美。

南宋初年，众多画师聚集杭州，包括许多原先供职北宋翰林图画院的宫廷画师，如李唐、李迪、苏汉臣等。南宋山水画有了极大收获，并成为杭州文化中的重要部分。这一时期的画卷上，开始出现题诗、题辞的新形式。画面题辞很快影响到园林造景，楹联创作也融入了诗词的比兴技巧，楹联文化得以飞速发展。

今存的杭州楹联多为明清及近现代所作。明清时期，杭州楹联文化达到顶峰，无论质与量都是其他时代无法相比的。明代最知名的楹联大家有徐渭、董其昌、张岱等，称道至今。

经过明代为杭州楹联奠定下良好基础，入清后，西湖名胜楹联呈现了更为繁盛的局面。首先是康熙、乾隆两位皇帝多次驻跸杭州，为西湖名胜命名书额，题诗撰联。

——

有楹联的村舍　蒋跃绘

朝廷重臣、宗师学者像阮元、林则徐、俞樾等在杭州也都有得体的楹联作品。

　　杭州大量的自然及人文景观，自古受天下文人的青睐，天时地利人和，楹联众多，到了数不胜数的地步。可以说，如果没有楹联对风景的加持，再美的杭州或西湖也会减色三分。反之，如果没有杭州或西湖，所附楹联也不会形成洋洋大观的局面。这是一个良性循环，因楹联到处可见，质量又高，流布至今，已成为杭州和中国古代文学中的瑰宝，不可或缺，对提高审美力、陶冶情操乃至教化人心都起到了积极作用。

俞樾：圈点书山加餐饭 铺排平仄减睡眠
——慢读楹联《题湖心亭》等

湖心亭
四面轩窗宜小坐；
一湖风月此平分。

财神庙
梅萼洗寒酸，且教逋老扬眉，葛仙生色；
莺花添富丽，恰称金牛湖上，宝石山边。

于谦祠
一力奠金瓯，以社稷为重；
三台埋碧血，于湖山有光。

唐庄
金溪小筑，苑在一方，其地为虞伯生故址；
玉冰分流，汇成五亩，此中有唐山人诗瓢。

花港观鱼
选胜到里湖，过苏堤第二桥，距花港不数武；
维舟登小榭，有奇峰四五朵，又老树两三行。

冷泉亭

泉自有时冷起；
峰从无处飞来。

一

袁枚客居苏州时，刻过印章："钱塘苏小是乡亲"，随身携带，片刻不离。说起来不过一个念想，聊解乡愁而已。

在杭州，后来有位大儒，书法好，篆刻也不赖，才真该为自己制一枚印文："钱塘苏小是邻家"。

只要有那么一两个好念头，人就能借此撑着度过一生。

俞樾的好念头也不过一两个：躲进小楼著书；去名胜或山野看风景。

孤山西泠桥旁、六一泉侧，有个小院，院里一座两层三开间的中式楼房，隐藏于高大树丛中，很不起眼。

这便是俞楼，有人称它为"杭州第一楼"。

俞樾曾中进士，入翰林，精研经学、史学、文字学及音律、训诂、书法等，成就很大。同治七年（1868），受邀出任江南著名书院——杭州诂经精舍山长。

弟子徐花农见老师一家老小都还在苏州，便发动众同学捐资，造了小楼给老师住。

1924 年,他的曾孙俞平伯入住俞楼。入住第二天即写下这段文字:

……今朝待醒的时光,耳际再不闻沉厉的厂笛和慌忙的校钟,惟有聒碎妙闲的鸟声一片,密接着恋枕依依袭的甜梦……

这其实也是其曾祖俞樾居杭 31 年间的每日所闻。

二

自来杭,俞樾传道授业,做学问,同时含饴弄孙,忘情于山水——大河汤汤,唯有大自然、诗书与爱可抵岁月长。

俞樾桃李满天下,前有吴昌硕,后有章太炎,号称"门秀三千"。他器重弟子吴昌硕,因其是乡下孩子,给予多方照顾。吴昌硕作为西泠印社第一任社长,与杭州也结下一世情缘。

他目极八荒,神游万物,做学问的勤奋程度被他的恩师曾国藩称为"拼命",著述之丰着实惊人:总成钟鼎大书《春在堂全书》五百卷,除经学、文学研究等,也著医书《枕上三字诀》,甚至还写了《隐书》——一本谜语。对楹联的热爱则终至痴迷,为之牺牲睡眠,费尽精神,而乐此不疲。

然而,他的日子并不像表面那么安稳——年轻时太书生气,只做过一任河南学政便被弹劾,削职归田。至暮年,亲人的离丧更让他遭遇重创:

光绪五年(1879),夫人离世;未及三载,长子与次女同一年离世……老翁俞樾不得不哀叹命运，怀疑甚至迁怒中医，以至成为近代中国主张废除中医的第一人。一些人恨他偏执，岂不知可怜自有缘由。

俞樾为夫人写的挽联，窃以为是其最好的楹联作品，其朴其痛，堪比苏轼《江城子》：

四十年赤手持家，卿死料难如往日；
八旬人白头永诀，我生亦谅不多时。

旅途漫漫，欢乐与痛苦一样多——

人还全时，俞樾曾偕家人游冷泉，见亭上明代董其昌所作联：

泉自几时冷起？
峰从何处飞来？

夫人笑："此联问得有趣，且一连两问，问得妙。何以作答？"

俞樾应声而答："泉自有时冷起，峰从无处飞来。"

夫人认真起来："不如改为：泉自冷时冷起，峰从飞处飞来。"

次女绣孙听了，亦凑趣："也可以说：泉自禹时冷起，峰从项处飞来。"

俞樾问："典出何处？"

答："项羽'力拔山兮气盖世'，若不是他把山拔起，峰怎能飞来？"

联联机锋四伏，谐趣横生，一家人开怀大笑。

这也算冷泉亭自唐宋以来，白居易、苏东坡先贤之下，明清两代董、俞后辈接续的佳话一桩，闻者若饮醇醪，不觉自醉。

三

楹联为人所爱，同时，对创作的要求也极为严格。好的楹联要合律，有好的内容，美的意境，还要有趣味。俞樾制联几好都占。

湖心亭
四面轩窗宜小坐；
一湖风月此平分。

百年前的湖心亭　（老照片）

此联切地切景，颇见匠心："四面轩窗"，彰其视野之大，"一湖风月"赞其景物之美。"小坐"，说的是观者优游闲适；"平分"，见的是被观者的祥和静美。虚实相照，景、心互映。而根据音律上"一、三、五不论，二、四、六分明"的原则，"面""湖""窗""月""小""平"，一对一对的，字对字、句对句地读，都婉转好听。

财神庙

梅萼洗寒酸，且教逋老扬眉，葛仙生色；
莺花添富丽，恰称金牛湖上，宝石山边。

财神庙的作用是什么？人们来拜，求财啊。所以，作者尽展仁心，极力渲染，以体谅来者心意：在这里，梅不再高洁，当清洁工洗寒酸；有钱了，林逋开心提气，不再蹙眉作清高状；道家简素也诞生色彩，生机勃勃。而莺飞花开为庙宇添富丽，庙宇正好坐落在金牛湖上宝石山边——啥意思？金，宝，都是财呗。

句子较长，却名对名，动对动，形容对形容，词性、词意对应一丝不苟，畅而不隔。虽则只是题财神庙，却人、物、景合一，美得不得了。

于谦祠

一力奠金瓯，以社稷为重；
三台埋碧血，于湖山有光。

为英雄题联是极严肃的事，因此，作者用词拣择大而沉的，压服住轻飘的其他："金瓯""社稷""碧血""湖山",说英雄他尽全力保卫国土,以国家为重,而三台山则埋葬了英雄,以此,这方土地山河面上有光。

从内容上看,这是一副典型的正对,内容相似,指向相同,字字铿锵。反对的代表,如:"青山有幸埋忠骨;白铁无辜铸佞臣。"意象、意境对比鲜明——从形式上看,岳庙这副也属急转联,语意陡变,格调翻新。

唐庄

金溪小筑,苑在一方,其地为虞伯生故址;
玉冰分流,汇成五亩,此中有唐山人诗瓢。

元代诗人虞集居西湖时,辟筑了私家园墅"道园"。在如今流金桥以东、曲院风荷附近。清末唐姓文人在道园旧址建家祠和金溪别业,俗称唐庄。联中说的就是这个意思——它在哪,是什么。可能有广而告之的想法,写实为主,难得的是下句说得人足够风雅,还足够巧——这里的唐山人,指晚唐诗人唐球,并切合了主人姓氏。

从文法方式来看,此联为并肩对,上下联虽无关联,读来却不生硬。

花港观鱼

选胜到里湖,过苏堤第二桥,距花港不数武;
维舟登小榭,有奇峰四五朵,又老树两三行。

三面临水一面山,花港观鱼代表什么?美就一个字。上联平仄工整,地名承接,先不管美不美的事,只说这

花港观鱼图

个地方怎么去。数武:没多远。

　　下联说弃舟登岸,登上小榭,见奇峰四五座,老树三两棵(花港观鱼就在这里了)。妙在将峰说朵,将树论行——将大说小,暗喻得恰切而出奇。恰切易,出奇难。"治大国若烹小鲜"一句,与之类似,奇思智巧,两千五百年传到今。

　　此联兼数字对和流水对为一体——数字对不易工巧,需要符合相加、相乘、递加、递减等规律;而流水对最难写,因为字词要对仗,内容还要上下相承,不能相互脱离,更不能颠倒。此联叙述路线,前后秩序井然,章法自然,果真有如流水从上游流到下游。

　　虽然平仄照应得不太好,但没有失替、失对或破偶,更可贵在没过度追求形式而有碍意境,是俞樾散文化入对的典范之作。

冷泉亭

泉自有时冷起；
峰从无处飞来。

此联之妙，妙在妙处难与君说。因为其中禅意，有处还似无，说了全是废话。

但细细品赏，多读几遍，慢慢地，不着急。便觉无处有大有，像圆周率，无限不循环，或一题无数解，随便你怎么想，都逸兴遄飞：

"有时"是甚时？"无处"在哪里？"有时"，定有时，可总似一锅粥，混混沌沌，谁也说不清；"无处"，自有处，不可能没有那个地方，可谁也没根据。

泉名冷泉，初生成时，就已冷了，实实在在，然不知其始；峰作飞来峰，峰怎能飞来？口口相传而已，虚妄无稽，然定有其本源。

俞楼旧影（老照片）

有道是：实可以虚，虚可以实；无即是有，有即是无。

这也是一副漂亮的并肩对。上下句没有轻重之分，对仗上极是工整，句意上毫不相干。

俞樾到 86 岁，其间还为不少别墅制联，包括俞楼。略掉。

楹联铺天盖地，俞樾制联再多，只是个课代表。

忙时可以不读书，去外边，放松，放空，补几副楹联到腹中，营养之富，有时胜似读书，更胜似读手机。

孙中山等：铮铮华夏龙起势
皎皎西湖凤鸣阳
——慢读杭州楹联12副

鉴湖女侠祠
江户矢丹忱，感君首赞同盟会；
轩亭流碧血，愧我迟招侠女魂。

（孙中山题）

韩蕲王祠
高冢卧麒麟，回首感六陵风雨；
神弦弹霹雳，归魂思一曲沧浪。

（陈銮题）

于谦墓
丹心托月；
赤手擎天。

（乾隆题）

花港观鱼印影亭
八面虚亭春色满；
四围佳气锦鳞回。

（刘辉乙题　顾廷龙书）

平湖秋月梅鹤轩

胜地重新，在红藕花中，绿杨阴里；
清游自昔，看长天一色，朗月当空。

（阮元题）

三潭印月

明月自来去；
空潭无古今。

（王成瑞题　唐云书）

孤山

我忆家风负梅鹤；
天教处士领湖山。

（林则徐题）

中山公园云岫阁

入座烟岚铺锦绣；
隔帘云树绕楼台。

（康熙题　祝遂之书）

中山公园西湖天下景亭

水水山山处处明明秀秀；
晴晴雨雨时时好好奇奇。

（黄文中题）

江湖汇观亭

八百里湖山，知是何年图画？
十万家烟火，尽归此处楼台。

（徐渭题）

虎跑

已种稚松三百本；

待移苍竹一千根。

（马一浮题）

灵隐寺

龙涧风回，万壑松涛连海气；
鹫峰云敛，千年桂月印湖光。

（赵孟𫖯题）

一

楹联是一种"微文体"，可短至两字，长则数百甚而上千。楹联作品则是创作者德行品格、文化修养、美学趣味、思想见地等综合素质的体现。

楹联是国粹，如为江山画眉——人无眉也不精神。芙蓉如面柳如眉，大体无伤才算美。

人物离去，有的所附的古建没了。但楹联一直在口中心里。

俞樾老先生题杭州山水楼台很多，上文就选他做了代表。然如你所知，杭州楹联成山成海，何止千副？一个人无论如何涵盖不了。只好将军里面拔将军，将那些椽笔画眉的精美之作选了12副，以飨读者。

杭州楹联可谓一部缩微的人文史。总体看，大约三部分：风景名胜、英雄人物、佛教文化。风景名胜里又以西湖居多，佛教文化里多阐释佛理，阐释佛理多有雷同。因此，主要在前二者中甄选。

笔者在本书作过专文的，如杨万里、张岱等人，其楹联作品不再收入；楹联内容所涉人、物，前番详解过的，不再赘述。

未免挂一漏万，管窥而已。

而楹联分类和创作技巧，在上一篇中谈到了一些，这里主要品赏内容。

二

鉴湖女侠祠

江户矢丹忱，感君首赞同盟会；
轩亭流碧血，愧我迟招侠女魂。

（孙中山题）

矢，古同"誓"。

孙中山是秋瑾的朋友，日本留学时，做了同盟会的发起者之一。所以，他说：在江户，你（为革命）发誓贡献赤诚之心，感念你最先赞同我的政治主张，加入同盟会；你在轩亭口被杀害，非常惭愧，我迟了这么久才来为你招英魂。

感情真挚，言语恳切，是怀人大要。此联无架子，有风度，沉雄而流动，最难得处是真心。

韩蕲王祠

高冢卧麒麟，回首感六陵风雨；
神弦弹霹雳，归魂思一曲沧浪。

（陈銮题）

韩世忠也是南宋抗金名将，与岳飞同时代。命运却比岳飞好，晚年闭门谢客，口不谈兵，醉心西湖，得善终。

陈銮是清嘉庆年间的探花，长期做林则徐的部下，有思想和见地。

说那杰出的人物，他长眠在那里，会回首沧桑世事，感叹南宋偏安的六个皇帝兴起的风雨；他挽弓搭箭射向敌人，神勇无比，英魂归来，会唱起一支叫做《沧浪歌》的曲子："沧浪之水清兮，可以濯吾缨……"以彰高洁。

联意精当，赞颂韩世忠，也含蓄而正确地评价了南宋朝廷。

于谦墓
丹心托月；
赤手擎天。
（乾隆题）

前番对于谦祠有专文述其事迹。

其性至刚至烈，其才文武纵横，其德清白如许，其忠专意精诚。也只有这样的人才能做到联中所示。

此联表其赤心，赞其贡献，裁意豪壮，修辞工稳，用字俭省。

花港观鱼印影亭
八面虚亭春色满；

四围佳气锦鳞回。

（刘辉乙题　顾廷龙书）

作者刘辉乙无考。书写者顾廷龙是原上海图书馆馆长、书家、学者。

金文慢懒婉转，配此景可谓妙极：

从八角空透的亭子望出去，到处流淌着春色，亭中萦绕着好闻的气息，引得鱼儿闪回簇集。真好看。

因众口不一，所以就算对金文不明就里，也多次对照，并请家父帮助鉴别，大体认实了"面""围"二字。较之"边""口"之类，对仗也更佳。

平湖秋月梅鹤轩
胜地重新，在红藕花中，绿杨阴里；
清游自昔，看长天一色，朗月当空。

（阮元题）

虽说联中没出现"秋"，却有"月"，而月下金秋，格外朗润明亮：此番重游，在红荷、绿柳影子里；天空明净如洗，与湖水青碧一色，明月当空，是我以前就喜欢看的景象。

作者虽说历任两广、云贵总督，来西湖的机会还是蛮多的。所以他总结的池荷、堤柳、皓月、水天一色……都是西湖之美的典型代表，尤其是平湖秋月的精髓所在。

三潭印月图

三潭印月

明月自来去；

空潭无古今。

（王成瑞题　唐云书）

搜索了一下，见多人资料，较为符合者是现代音乐家，如今年近八秩。至于是不是作者，不敢妄论。同理，书者亦然。

如同观画，第一眼看的就是气势和整体感觉。此副胜在时空上都博大无碍，而自带禅意：皓月明了，自在来来去去；深潭洞穿，任由古古今今。

其落落大方，较之只扣经卷教义者要高明得多。

孤山

我忆家风负梅鹤；
天教处士领湖山。

（林则徐题）

没错，就是你想的那个林则徐，清道光朝禁烟的民族英雄。

他纪念宋代林逋，因姓同而含亲切：我忆及林家曾有的隐逸之风，自愧辜负了梅与鹤；是老天派下林处士，来做了此地湖山的领袖。扣题紧，又见景见心。

他是没法"梅妻鹤子"，却有意回护天下——赈灾江苏、筑堤湖广、销烟虎门、安定陕西、防卫新疆、戍边云贵……他毕生精力都在这些事上。

中山公园云岫阁

入座烟岚铺锦绣；
隔帘云树绕楼台。

（康熙题　祝遂之书）

其实，康乾两朝皇帝还是很有文采的。细品赏读，不枉题辞太盛。

他说，烟岚入座来，铺开四面锦绣；云树隔帘望，环绕几重楼台。

将物用人来比喻，常出奇效，易物我合一。

或直接看成"我入座"，烟岚为我铺锦绣；"我隔帘"，

〔清〕华嵒《林和靖梅鹤图》

我看云树绕楼台……也竟有符合身份的轩昂。

此联字词相谐,读来好听。朗朗上口,是对名胜楹联的一大要求。

中山公园西湖天下景亭

水水山山处处明明秀秀;
晴晴雨雨时时好好奇奇。

(黄文中题)

说到朗朗上口,绕不过这一副去。叠字联兼回文对。民国楹联大家黄文中作。

10个俗单字,行草间书,重叠、排列,点景生情,道出西湖四时佳兴。

游人到此,每每驻足,反复吟咏——就算绕晕,心甘情愿。

戴着镣铐跳舞,能跳得如此潇洒自由尽兴,也是奇观一件。此联趣在读法,顺读、倒读、跳读,或如脚踩花步,循环往复,称"踩花格";可任意断句,除了后几种读法稍逊,其他随便怎样,读来都堪称绝妙:

1. 顺读:

水水山山处处明明秀秀,晴晴雨雨时时好好奇奇。

2. 倒读:

秀秀明明处处山山水水,奇奇好好时时雨雨晴晴。

3. 分开跳读：

水山处明秀，晴雨时好奇。

4. 踩花格：

水处明，山处秀，水山处处明秀；晴时好，雨时奇，晴雨时时好奇。

叠字拆开，又有以下几种读法：

5. 水明山秀，水山处处明秀；晴好雨奇，晴雨时时好奇。

6. 水水明，山山秀，处处明秀；晴晴好，雨雨奇，时时好奇。

7. 水处明，山处秀，水山明秀；晴时好，雨时奇，晴雨好奇。

8. 水山明，水山秀，处处明秀；晴雨好，晴雨奇，时时好奇。

9. 水处山处，水山明明秀秀；晴时雨时，晴雨好好奇奇。

10. 水水山山，处处明明秀秀；晴晴雨雨，时时好好奇奇。

11. 水水山山处处明，明秀秀；晴晴雨雨时时好，好奇奇。

12. 水水处明秀，山山处明秀；晴晴时好奇，雨雨时好奇。

此种作品中不乏力作,对仗、音韵、节奏、辞藻、意境诸美兼备的时而有之。然初学者于叠字联、回文对、过长联不宜多作,易陷入玩弄技巧的窠臼不能自拔,而忽视楹联本意——提纲挈领,简洁优美,真情实意,方为初心。

江湖汇观亭

八百里湖山,知是何年图画?
十万家烟火,尽归此处楼台。
(徐渭题)

徐渭,明才子,精通诗文书画戏剧,楹联大家,于楹联创作有许多传说。

这副名联在杭有两处可见:一处位于吴山的江湖汇观亭,一处为城隍阁。后者用"灯火"替了"烟火"。

上联赞湖山如画,下联叹楼台万家。化柳永词句。全联以数字和疑问句式造声势,平中见奇,颇见功力。

虎跑

已种稚松三百本;
待移苍竹一千根。
(马一浮题)

虎跑有泉有禅宗,但国学大师不碰那些,只拣选触目皆是的草木来题，真叫别出心裁：已经种下小松树三百棵，还要移来苍劲的老竹一千株呢。

数字是虚指，赞美向往之心却是实的，为观者遥想虎跑留下太多余地。想来松竹深秀，涵养泉源；禅师弘法，林中隐现。植物繁盛则鸟儿聚居，松竹高洁而人物出尘……此境只应天上有，凡人哪得几回来？

灵隐寺

龙涧风回，万壑松涛连海气；
鹫峰云敛，千年桂月印湖光。

（赵孟𫖯题）

此联为元初书家、画家赵孟𫖯所题。

意谓涧水潺潺，山风潇潇，松涛其声响满沟壑，连上大海的莽苍气势；鹫峰堂堂，云气袅袅，桂月之影照破山川，铃下湖光的秀丽身姿。

龙涧在灵隐对面鹫峰下，桂月隐的是桂子月中落的传说。

意象频密，意境层染，羊毫狼毫，刚柔并用写一幅山水长卷，显画家本色。可称诗中之诗。

三

楹联如星灿烂，书体五体皆备。各美其美，美美与共。曲水流觞，千杯不醉。

两列诗,排排坐,说英雄,论美景,龙凤呈祥,为西湖与杭州作了点睛之笔。

后 记

杭州此地,史上文化璀璨,珠玉在前,难以提笔。

幸好,有大家的支持。感谢郭泰鸿、安蓉泉、潘韶京、何晓原、魏皓奔、杨流等师友,从大纲开始就操心。特别感谢安蓉泉老师,从大方面的指导,到细节上的斧正,都很及时精确,不厌其烦。

品读由我心出,尤其担心疏漏。特别感谢蒋文欢等史志办的专家学者——得灵感,检错讹,多赖大著《钱塘风雅》和《杭州精览》。

感谢我们济南市文联、作协和省作协的扶持。母亲的事以后,我有些自闭,常关机,不参加活动,连新任师友的名字都不知道,可恩友们还记着蜗居一角工作的人,精神鼓励,物质援手,叫人不知说什么好。还要感谢杭州的师友——所属单位或部门有宣传部、文联、中青旅、出版社、报社等,采风期间关怀备至,什么都给想到了。恕我无力一一列全。

小书大都选取与杭州风物有关的作品,照应杭州本地作家的比重。

因篇幅所限，于时代背景、作者生平等有所拣择，并只简略述评（个别有意详解的除外）。

基于品读的要求，先直译，后意译、细赏，旨在品咂作品内美，歌颂杭州大美，深拓善良、无私、勇敢、忠诚、达观等——有关人之为人光荣与尊严的人性之美。

同我的家乡一样，杭州也是座有水有山有温度、又婉约又豪放的城市，人文底蕴格外丰富，有力地影响了中国人感受世界的方式，值得最不吝啬的赞美。

感谢陆放先生。采风间隙，漫步街头，与老人家的邂逅，老人家聊天中的启发、所赠的画作……一系列不可思议的巧合，以及前前后后师友们的帮助，都像 2017 年 8 月 14 日下午 5 点左右的瞬间感受一样——带孩子暑假游，偶然起兴来到杭州，西湖雨后，那一刻，看到一架巨大、完整而美好无比的彩虹。当时不少游客一起，见证美景，满地都是"彩虹！""彩虹！"的感叹声，自带音效。

突然降临，持续半个多小时，才慢慢退去。从雷峰塔，到这边的断桥，彩虹跨度太大，颜色太美。像梦。

我们现在还有时聊起那场幸遇。是一生中最奇妙的旅程，没有之一。

能看到这本小书的朋友，有没有彼时一起看彩虹的旅友呢？有时会出现傻念头，想找一找共同看过彩虹的朋友。

是个人记忆，也是集体记忆，在谁的一生中都很珍贵。

可以一起，再看一次彩虹——杭州古代文学的天空上，那些闪亮的诗文，那些美好的人。再一次一起低声叹美。

彩虹飞翔在那里，朴质、婉约、奔放、潜隐……灼灼其华，各臻其妙。直到现在，分散在地球各个角落的华人，还能因之而会心，举头低头，吟诵同一首（篇）诗文，感受同一种感动。

无论身在哪里，那些通关密码一响起，我们就能找到同类。

感谢父亲陈洪岭先生，母亲刘绍梅女士。爱你们。记得六岁时，被父亲逼着每天中午练一篇大字、每天早上背一首古诗——要求"会认、会背、会写、会讲"。一天不落，到小学毕业。那时偷懒，先拣短的背，可短的总有个数，后来长的也没能躲过去，还因此罚站挨过打——就是现在，敲字的此刻，母亲急切、复杂、心疼（我）又责备（父亲，我）的眼神还在案头父亲打过我手心、她劈手夺下的铜镇纸上聚着。摸摸还有余温。

对不起，妈妈，让您费心了。谢谢妈妈。可惜这么美的景色妈妈没来得及看。

没关系，妈妈，还来得及，来得及看今年最后一波的荷花开。江南忆啊，最忆是杭州啊，接天莲叶无穷碧啊，映日荷花别样红啊……请您收拾收拾换洗衣服，妈妈，我们天亮就出发。

2020 年 8 月 16 日